一本爱情小说集……

郭海燕 著

单双

山西出版传媒集团 ◿◿ 北岳文艺出版社
BEIYUE LITERATURE & ART PUBLISHING HOUSE

·太原·

图书在版编目（CIP）数据

单双 / 郭海燕著. —太原：北岳文艺出版社，
2019.6
ISBN 978-7-5378-5895-3

Ⅰ.①单… Ⅱ.①郭… Ⅲ.①小说集–中国–当代
Ⅳ.①I247

中国版本图书馆 CIP 数据核字（2019）第 066530 号

书　名:单双　　　　策　　划:续小强　刘文飞　　书籍设计:张永文
著　者:郭海燕　　　责任编辑:赵　勤　　　　　　印装监制:巩　璠

出版发行:山西出版传媒集团·北岳文艺出版社
地址:山西省太原市并州南路 57 号　邮编:030012
电话:0351-5628696（发行部）　　0351-5628688（总编室）
传真:0351-5628680
网址:http://www.bywy.com　E-mail:bywycbs@163.com
印刷装订:山西人民印刷有限责任公司

开本:787mm×1092mm　1/32
字数:170 千字
印张:8.25
版次:2019 年 6 月第 1 版
印次:2019 年 6 月山西第 1 次印刷
书号:ISBN 978-7-5378-5895-3
定价:42.00 元

行走的肉身和飞扬的魂灵

郭艳

读完海燕的这个短篇小说集，我一时间很惘然，那种基于女性自身私密情感和经验触摸的疼痛感让我动容，尽管每一个女性的成长有着不同的路径，然而，阅读中却有着深深的同情之理解。面对着文本中那些天真、懵懂到蒙昧的"妹妹们"（或许更应该称她们为"姐妹们"），不禁有着深深的叹息：在前现代晦暗身体和欲望阴影里，多少个纯白无辜的灵魂守着原罪的煎熬，又有多少质朴生涩的身体沉沦肉身中万劫不复。在灵与肉的对立中，无数无辜的女性坠入了庸俗衰败的欲望泥潭，畏畏缩缩地啮噬着早已贫瘠干涸的内心，由此，生活离她们曾经或者可能趋向的光亮与和解越来越远。

女性的写作时常被誉为"来自地下的声音"，这种被压抑的声音往往是因为女性自身的孱弱、自卑乃至迷惘所致。《如梦令》是非常写实的调子，那个带着理想主义梦幻色彩的喻言在现实生存中进退失据，在卑微的人生中苦苦守护自己的身体和情感，然而却不得不面对庸常的戏谑与嘲弄。方理对于身体直白的欲求和对于喻言小心翼翼的情感是坦率的，但缺少的是对于喻言情感和品性的理解和尊重。刘思带着浓厚的70后经济适用男的气息，他抓着一丝1990年代理想主义的尾巴和喻言的懵懂天真不期而遇，然而恰恰是那一场似乎注定的性事败坏了彼此的身心。《秋分》是更加现实版的女性心灵破败史，我们似乎无法理解一个纯良的少年如何极快地堕落成近乎无耻的男人，而一路倾心相伴的少女则在命运的诅咒面前日渐凋零枯萎。《亲爱的妹妹》中的妹妹则退去了喻言、柳卡良家的纯良和温顺，带着某种不屑和任性打理着自己的生活。然而，这种放低精神情感底线的女生遭遇的依然是男人处心积虑的欺骗，从一个骗局到另一个骗局，最终落得遍体鳞伤。《无事》是写女人心性的，心智粗疏野蛮的男性是不可能理解女性自尊的。《寻找激情》摹写了女主人公无法安置肉身和灵魂的窘迫和尴尬，因为对于欲望莫名的恐惧却导致了对于放纵肉身的依赖。女主人公在分裂的肉身中辗转留恋，无论是激情欲望的沦陷还是对于欲望本身的恐惧，都在物是人非中显示出某种幻化与虚妄。只有五峰茶成为某种沉淀下来的记忆，让女主人公淡定下来，坐在山上品茶抑或神伤。

海燕的这些情感类型的叙事无疑带着一个逝去时代的伤感，那些带着对于身体欲望羞耻感的女性们犹如泛黄老照片上的模糊影像，时隐时现，却烘托出当下颜值当道、肉身横行的城市妖孽们对于身体的消费和滥用。海燕的这些小说摹写了乡土童年孕育的少女们朴实却逼仄的身体经验，在城市物质主义逼压下，这些非城市孩子们怀揣着乡土伦理规范的贞洁和做一个好女人的美好愿望，同时又被时代物质主义裹挟，迷失在急遽嬗变的城市森林里。乡村的心灵退让给都市享乐的肉身，身体的沦陷和伦理的坍塌一起毁灭了乡村少女的质朴与纯真，似乎，这就是 1990 年代到新千年之间，无数从乡土进入城市的中国女性最真实的内心独白。在她的这些小说中，女性意识主体性表达是身体，她笔下的身体越过了性、政治，也没有在罪恶感上停留，却始终带着"羞耻"的暗示——女性主体意识的身体和羞耻纠缠不清，正是这份对于身体"羞耻"和肉身沦陷的慌张，让乡土伦理对都市欲望进行殊死抵抗，以女体呈现的方式言说了中国社会历史转型时期女性意识成长的隐晦、曲折与荒谬。

小说集也正是在这个意义上成为海燕一部终结自己青春期的作品。对于一个女作家来说，随着女性主体意识的觉醒，情感和心理认知更为成熟，由此写作路径的变化也非常自然。自 2009 年之后，私人经验或者说个人主体性叙事在某种程度上闭合，海燕更多转入了非个人化经验的叙事，以更多维度的生命和情感体验进入当下和历史，这种体验更加关乎群体、社会、人伦与风俗，在更大的时空维度上呈现一个时代整体性的精神情感特质。

记得伍尔夫在《一间自己的房子》中杜撰了一个牛桥大学，以此说明妇女在以男性为中心的高等学府遭遇的不公平待遇，而玛丽·贝登则代表着徘徊在牛桥大学之外不得入的女性们。于此同时，玛丽们还在大英博物馆看到由大量男性作家撰写的论述女性的作品，某些教授认为女性的智力、体力和道德均低于男性。这些政治上非常不正确的观点，其实在现代日常生活中依然流行。在中国当下的现实语境中，现代化大城市优质"剩女"越来越多，于此同时，"看脸"时代的众多女性已然不再讨论牛桥大学和玛丽们的存在。

　　女性的困境大抵来自两个方面，一是经济上的，一是法律习俗上的。在现代社会，如果女性实现了自身经济的独立，且在法律和习俗层面获得了相当大的自主权利，那么女性的困境无疑会更大程度地从外部转向自身。日常性的平庸、滞重会侵蚀着人的激情与活力，然而时间的悠长安然也会打磨焦躁不安的心性。一个真正成熟的现代女性无疑能够在日常性中蜕变成为真正独立的母亲、妻子和女人，从而在现代日常性中构建自身的主体性精神。伍尔夫曾经说过"成为自己比什么都重要"，女性精神主体性建构无疑是一个漫漫长途。

2019 年 1 月 1 日

　　作者简介：郭艳，中国社会科学院文学博士，评论家，现为鲁迅文学院教研部主任、研究员。

当活色生香沉入苍凉沉郁

蔡家园

在郭海燕的爱情小说中，琴也许并不是她着墨最多或者最为看重的人物。但是，我还是愿意将她视为一个具有符号意义的象征性人物。琴的内心总是奔涌着不明确的愿望，那些愿望就像天空一样无常。即便是在与男友如胶似漆的时刻，她也会突然停下来，赤身裸体地凝视着黑黢黢的夜空发呆……琴的焦虑、失望、茫然和空虚，无疑表征着当代都市女性的一种生命状态。而对这种生命状态的发现与揭示，正是郭海燕爱情书写的中心。她总能以女性的直觉去敏锐捕捉剧变时代中生命潮汐幽微而深沉的波动，然后以旖旎多姿的笔触加以鲜明描绘，为我们呈现出一幅幅活色生香而又苍凉沉郁的生存图景。

那是一个由于市场经济全面启动而急剧转型的时代，欲望的膨胀催生了生命意识的遽然觉醒，人们心中许多坚固的东西突然分崩离析，自由意志因为恣意放纵而不知所系，生存也就渐渐呈现出漂浮状态。郭海燕选择从两性关系的角度进入时代深处，于人心惟危处烛微洞幽，独辟蹊径地记录着红男绿女们的爱与痛。在她的文字世界里，琴们都在追逐某个隐约的"愿望"，可是最终都无法实现目标："我"心仪成丰渠，却按捺不住寂寞与闺蜜的男友上床；秦花想嫁给一个脱俗的男人，可是男友又打牌又爱喝酒，以至她感觉自尊受到伤害而出走，意外死于车祸；"我"感觉与童涛心灵相通、性情相近，可是又痴迷激情奔放的叶成无比强壮的身体；平多原以为王国强和付加对她倾心相爱，可是没料到收获的全是欺骗和凉薄；柳卡从章诚辉身上得到了满足，可是失去了公公对她的呵护与尊重……在那些并不明确和坚定的"愿望"主导的生活流中，男男女女就像失控的机器一般疯狂地运转着，忠诚遭到解构，灵与肉出现分离，生活变得千疮百孔、丑陋庸俗。

琴们都有一个并不美好的结局，但是也很难说她们的命运就是悲剧。其实，现代社会中的人已然失去了古典悲剧人物的崇高情感，也丧失了对于一切事物的持续热情。在这个瞬息万变的时代，悲剧也成为一瞬间的感觉：悲剧人物跳出了自我的空壳，窥见自己无论是成功还是失败，其实都很空虚。正是在这个意义上，夏志清读出了张爱玲文字间沁出的"苍凉"。郭海燕的爱情小说中其实也弥漫着这种苍凉。她敏锐地揭示了物欲化时代女性对自我的寻找与确认的艰难，既有灵与肉的分离，也有性别的"原罪"，唯一幸运的是，她们毕竟越过了"娜拉出走后"的难题——现代女性获得经济独立之后，更多的是对精神之困的焦虑。郭海燕写作的重要价值之一也正在于，她既发现了一个开放时代的可爱，也能勇敢正视它的可恶，所以笔端才会流露出婉转的讽刺与压抑的悲哀。

郭海燕喜欢用一个词——"脏猪"来形容婚姻，有时也用来形容男性。在她看来，婚姻的不可靠源自忠诚的破产，而忠诚的破产源自欲望的泛滥。被炎炎欲望控制的男人们朝三暮四、庸俗不堪、丑陋无比，所以才导致了如水一般的琴们的生存"苍凉"。唯有一个童涛堪称理想男人，可是他又阳痿了。这种对男性的单向度认知和有意"阉割"，自然是源自郭海燕的一种价值判断。我终究难免疑惑，彼时的她是否对男性怀有某种偏执的误解呢？

这些爱情小说中充满了大量的意象，还有关于梦境的细致描写，淋漓尽致地展示了女性的生理欲望。郭海燕也许是想通过这样的方式把女性的那些被男性同化的经验或者是被压抑到无意识层面的经验发掘出来。但与热衷于"下半身写作"的某些同龄人不同，她对两性关系以及日常生活中的精神性有着自己的理解，因此，她笔下的琴们在肉欲的沉沦中，始终存有关于纯粹情感或灵肉交融体验的难以企及的渴念。同林白、陈染、海男等典型意义上的女性主义写作者也殊异，郭海燕的骨子里浸透了传统伦理——她的观念甚至是反女权主义的。与其说她渲染女性欲望是为了打开女性的生命经验从而获得对女性自我意识的某种确证，还不如说她是在表达对于生为女性而无法获得"积极生存"的某种哀叹。付加对不孕的纠结，柳卡偷情后面对公公的亢奋，喻言对于情欲泛滥的羞耻，其实都决然否定了女性的本能欲望。当琴们在情爱矛盾的漩涡中挣扎之时，郭海燕其实选择了一种向外的路径去寻找并揭示其根源——一个以市场和资本为中心的开放时代对于性的激发与压抑，并以此批判物质主义与功利主义对人性的戕害。

对于一个女性写作者而言，完全突破男性中心主义的话语场或者文化惯性的压制，而把女性自身的经验用独特的话语方式表达出来，并不是一件容易的事情。郭海燕已经做出了自己的努力。这部小说集记录了她的一段写作历程，也充分展示了她的写作才华。随着年龄的增长和生活阅历的变化，她对写作方向进行了调整。像她近年发表的《春嫂的谜语》《理想国》《世纪末》等中篇小说，还有长篇非虚构作品《粹红——陈毅粟裕铁血诗情录》，在对现实与历史的深度关注中考量人性，文字更显老练，立意更加深邃。这不仅宣告了她正在重建一种新的美学观念，也预示着一条丰盈而开阔的文学道路在向她敞开。我们有理由相信，她的文字会更加敏锐、深刻而厚重！

2018 年 12 月 23 日

作者简介：蔡家园，中国文艺评论家协会理事、湖北省文艺理论家协会秘书长、《长江文艺评论》副主编。

目录

1

秋　分

预报：

　　明后天多云，北风三到四级

　　今日秋分，昼夜平分

　　1

　　凌晨四点半的门铃声无论如何都很突兀。章成辉愣了一下。再响，他套上睡衣，开门。

　　是对门的女孩。

　　"打扰您了，真不好意思!"

　　"什么事?"四〇二号男主人半边脸对着防盗门缝。

　　"我有位朋友犯病了，昏迷不醒，能不能——请您妻子帮下忙……""哦，我离婚了。"章成辉皱眉。他想起来了，四〇一号三个女孩搬来那天，护士前妻来拿儿子的生活费，一个女孩惊

1

天动地叫起来，她踩中锈铁钉了，前妻麻利抱地出药箱，替她消毒、包扎，还打了破伤风针。

"离婚了?"五官清秀的女孩眼睛溜圆，凌晨秋风里她刺猬样缩着，光脚踝。"打120吧。"章成辉说。"我想，没大问题吧。嗯，能不能帮我将他弄到床上? 他躺在地上，我搬不动……"扫把一样瘦小的女孩笑容甜甜的。章成辉又皱眉。三个女孩昼伏夜出，常有年龄各异的男人在对门神出鬼没，他早瞧出她们是干什么的了，他从不招惹她们。"还是打120吧。"章成辉觉得不应该马虎，即使真的是个嫖客。

"就搭下手，不可以?"不容置疑的口气。

卫生间门这时开了四分之一，"章成辉!"一个女人的声音。章成辉又过去和女人说话。片刻，章成辉再扭头大声问门外："昏迷前说话清楚吗?""有点口吃。""喊过头痛或呕吐吗?""吐了，胆汁都出来了，绿的!""很可能脑卒中，赶快打120!"

门外女孩还是站着，蹭着光脚踝，不吱声。对面粉红灯光，和章成辉家明黄灯光融汇，产生舞台效果，穿银色睡衣的女孩此刻像个逼真的蜡人。

章成辉去蜡人家了。

柳卡从卫生间出来，蓝毛巾裹湿发。她拉开章成辉家的衣柜，果然看见两只药箱，一大一小摞着。她打开小的，又打开大的，翻出一个眼熟的中成药盒，公公吃过的那种蛇毒制剂。到底曾是护士之家啊！柳卡翘起嘴角笑。

柳卡刚跨入对门，章成辉从里间出来了，摇着头："真沉！照你说的，没挪动病人，加高了枕头，又吐了，还没醒。""嘴里呕吐物清除没？"柳卡问跟在他后面的女孩。对方看着柳卡手里的药："打扰二位了，真是，真是太感谢了！"柳卡瞅她一眼，再瞅一眼，女孩皮肤诱人，没戴乳罩，颤动的双乳将贴身睡衣顶得不安分，柳卡也没戴乳罩，双乳也颇不安分。她晃晃药盒："这是溶栓药，缺血性脑卒中的话，必须三小时内进行溶栓治疗，否则致残率很高。"柳卡脑子里浮现出公公与众不同的笑脸，左半边欲笑，右半边僵着，有时还奇怪抽搐，混浊的双眼像一幢无人打扫的百年老宅。"要尽快送医院！"她提高声音。

柳卡径直穿过客厅往里走，不用女孩带路就到了该去的地方。

大朵木槿花盛开的床单，锦被掀到一边。男人躺地上，蓝色睡衣散乱，头仰着，仿佛在观察天象。地上扔着西服、领带、胸罩、裤袜，到处是白纸团，有的沾着呕吐物。柳卡想跨过去，绊了一下，是只小凳，章成辉一把揪住踉跄的女人，药盒脱手了，柳卡敏捷接着，毛巾松开了，湿发披在脸和脖子上，水珠顺颊滚落，柳卡擦抹。就在这时，脚下男人好像睁眼了，左眼角亮闪闪，柳卡蹲下来，男人仍僵着，那是她发梢落下的水珠。

柳卡将男人的脸扳过来，左手捏两颊，右手往微开的嘴里探进两根手指，她的表情如此严肃，一旁女孩愣愣瞅着。柳卡很快

3

从男人嘴里挖出了一团东西，散发着酒气。"水！"女孩端来水。柳卡又要汤匙，她用汤匙碾碎两粒药丸，拂进杯里，搅拌，喂男人。男人没配合，药水从两边嘴角漫到脖子上。章成辉过来了，章成辉捏住男人的鼻子，再捏开男人的嘴，药水一下一下灌进去了，"嘿嘿，我儿子小时候，我就是这样给他喂药的！"两个女人没笑。

柳卡最后将床上的锦被拖下来，小心盖好男人。"打120！"她吩咐章成辉。

电话是女孩打的。没有谁愿意出人命。

救护车呼啸而至时，柳卡又在冲澡，还喊章成辉也冲冲。章成辉推开卫生间门，"你不怕皮洗烂，我怕呢！"他伸手握一把柳卡的胸。柳卡打落那手，"怎么，这时不习惯？早干什么去了！"……柳卡有洁癖。毛衣往往只能穿一季，就洗褪色洗变形了。爱洗手的习惯是从卉卉进太平间的那个春天开始的，现在，她拿一下梳子，也要洗手。这个习惯有了之后柳卡的手变得极白、纤薄，细细蓝色血管鼓凸，像幅清晰精美的水系图。

门外一阵杂沓。纷乱脚步声，说话声，还有铁器撞击声，什么东西碰栏杆上了，最后一切复归寂静。黎明前的寂静。

柳卡一直竖着耳朵。她用牙齿一下一下啮咬男人厚实的耳垂。"没想到你还懂点医呢！"男人抚着她圆润的肩部。"没你前妻专业！""你以前见过这样的病人？"柳卡没吱声，半天才说："我公公发过这病。就是中风。"章成辉的耳朵被柳卡弄得很痒，他的心也跟着痒了起来，酥起来，身体再次像拉满了的弓，一翻身，又弹压住柳卡。

"看见了吗？对门地上有五只避孕套。"柳卡喜欢他身上茉莉花香皂味，边说话边用舌尖慢慢探嗅，像个贪心孩子。"他妈的！咱们也来五次！"章成辉几乎呜咽。柳卡闭目呻吟的模样刺激了章成辉，他很快喘气如牛。两人不停歇地进行了三次。三次都酣畅淋漓。加上女孩敲门前的两次，他们的确完成了五次。这是前所未有的。

是沸点！曾经的婚姻生活与这次如火如荼相比，简直是空白，章成辉怎不回肠荡气！柳卡也很惊奇。两人并排躺着，都不愿动，手牵手静静享受激动。

柳卡待身心平息，离开男人，去冲洗。冲完澡，她觉得精神恢复了，不，简直是精力充沛，每一个毛孔都张开、抖擞，仿佛里面充溢着珠穆朗玛峰无始无终变幻的岚气，充溢着鹰隼俯冲的拍翅声。她像巅峰状态的歌手，众目之下想高歌，想酣舞！几乎每次都有这样无比享受的片刻！柳卡立在清晨的窗前，任冷风肆意游走，以驱散体内欲决未决、仍奔流不息的奇妙东西。

危险东西。

她的身体蓦地打了个冷噤，秋风带来的，这感觉类似幸福灌顶的痉挛。楼下有人救火样赶着去上班。柳卡看一下挂钟，七点十五分。她摸摸男主人的肩，没反应，他已发出有节奏的鼾声。和往常一样，柳卡很快穿戴好，猫一样出门。一年两个月了，除了十七号那天，柳卡每月至少来这里一次，每次来，她只待一夜。

四〇一号有人回来。是另一个女孩，夜生活的倦模样。她叮当开门，"谢谢你帮我的姐妹哦！"擦肩而过的柳卡没回头，"不谢，应该的！"黑风衣旋起一股黑风，打招呼的女孩注目她几秒。柳卡感觉到了，步子愈不疾不徐。她与女孩隔了一个时代，但不细瞅，难得看出来，的确她比她们少了青春的炫目，却也多了一份从容、淡定，这也是吸引章成辉的原因之一。章成辉说过，他最讨厌前妻遇到芝麻大点的事像天塌下来一样……天塌下来，天塌得下来吗？一阵笑意从柳卡胸腹冉冉升起，季节性河流样，忽大忽小，搅得柳卡的神情古古怪怪。她走几步停一下，捂住嘴笑，另一只手大幅晃荡藕红墨绿颜色错交的手袋。如此重复。

一个骑自行车小伙子老跟着她，一股酱烟味，柳卡猜是下班的夜市厨师。再笑时，她没留意脚下，被水泥墩绊着蹿出几米，小伙子赶紧刹车——柳卡立住了，扁舟越过激流，只是全身扭搐得像根麻花，她仍在笑，大笑，要闭过气一样。时停时续的笑声听起来像濒危动物求救。那厨师大概认为她喝醉了。醉了。哈哈，哈哈哈，哈哈——哈哈哈……

有谁知道呢？两个小时前送进医院的男人是她的丈夫，方杰。

2

十字路口右转前，柳卡先到菜市场买了一副猪肺、一把葱，外加秋菠菜。

公公最喜欢喝猪肺汤了。柳卡记得与方杰毫无血缘关系的婆婆在世时，常做葱花猪肺汤。公公是鞋匠，整日趴在异味四散的鞋山上忙碌，拆钉缝粘。"猪肺汤吸尘，多喝，多喝点。"婆婆常这样说。

"你这鞋子要钉掌了。""走路不平吧？换双跟儿。"公公的好手艺使柳卡至少穿了三年的鞋子也完好无损。她常将过时仍结实的鞋子送人，送小区清洁工、卖烧饼的女人。公公住一楼。柳卡先按门铃，再敲门，都没反应。她绕到半掩的窗下，里面沉暗，卫生间关着，排气孔泄出几道亮。柳卡掏出手机打座机，屋里响铃震得窗沿上灰尘簌簌落，没人接电话。公公行动不便，能去哪里呢？

柳卡又绕回来，敲东墙上的矮木门。婆婆去世后，嫌冷清的公公出租一半房子，做泡菜的李姓夫妻租下了，还在东墙接一间棚屋，当厨房，那里整日热气腾腾的。一个小男孩给柳卡开门，肥厚的海苔抓在手里，嘴里吧嗒嚼两下："妈，柳卡卡来了！"柳卡很好笑，从来的第一天起，他叫她柳卡卡，从不改嘴。屋里一股卤肉香，柳卡屏息喊："李嫂，生意更红火了吧！"套"大桥味精"围裙的女人擦着手出来了，戳一指头小男孩："瓜娃子，叫柳阿姨！"她笑脸迎柳卡，"来看方伯呀，他一大早出门了呢。

7

和我死男人一起走的。""他吃早饭没?""吃了吃了。本来想给方伯煎蛋、熬小米粥,他今天起来得早,见我们就着笋丝吃馒头,很香,一块儿吃了!""他去哪儿了?什么时候回来?""没说,都没说。我让死男人照顾他,有我死男人在,没事!方伯有福哇,瞧你这儿媳多好,打灯笼难找!"真有福的话,就不该中风。几年前,中风让公公吐词不清,本来话少,现在更难得开口了。公公的病后来又犯过,多了左腿、左臂抖颤症状,但他一直不肯搬到儿子那里,要单过。柳卡出主意:让李嫂给公公做三顿饭、保洁、洗衣,抵房租。这是个好点子,方杰同意了。经过实践,柳卡较满意这个勤快的乡下女人,虽然有时七窍通六窍缺点心眼。她送过李嫂两双皮鞋,七八成新。

"这些菜搁你家冰箱吧,做猪肺汤,记住多放葱花。另外,监督我公公吃药,叫他洗澡要快点,人老易晕。""放心放心!死男人常说娶了你这样的女人是上辈子架桥修路了……"李嫂的话泡菜水一样多。小男孩嘎吱嘎吱吃着,忽然奔灶台,回来时又多一根半尺长的海苔:"妹妹爱吃。"他往柳卡手里塞。"不许提妹妹!"李嫂作势揪耳朵,柳卡拦住了。柳卡很少吃泡菜,她看着青翠的玩意儿,咬一小口,咸润,还有青苹果的微酸,又咬一口,告辞了。

小男孩嘴里的妹妹是卉卉。他还记得她呢,柳卡眼里潮湿……

卉卉,那是个怎样的孩子啊!她喜欢与小男孩在一起玩穿云小火车，贴大头画。还能治公公的少语多颤病。公公握起一只拳，晃晃，卉卉就知道爷爷要下跳棋了，马上搬出棋盘。"不许悔——悔棋！"公公的手捏住粉嫩的小指头。"爷爷不讲理，不讲理！"卉卉几乎扑到棋盘上，小胖腿胡踢腾……"是谁在赖皮啊？让你爸妈来，评评理！"公公的话多起来，动作利索起来。一想起这些，柳卡的眼窝就会湿。她掏出面纸，擦抹。

五六岁孩子玩的跳棋，卉卉三岁就会了，柳卡至今想起来都觉得自豪、幸福。公公教会小精灵下跳棋、剪纸、扎风车，如果没有中风，他会教孙女更多。没有公公，就没有卉卉啊……

"生下来吧，我知道你受苦了。"那段时间公公忧心忡忡，"有了孩子，兔崽子心会收些！"砰！砰！公公拼命锤一只鞋，"叫他晚上来找我！"

"他有三天没回来了。也不打电话。"柳卡低着头，手指在隆起的腹部勾画。她是来找公公修鞋的，刚买的一双削价平底软皮鞋，硌脚。脱鞋时才发现，两脚后跟血糊糊的。公公不知从哪里掏出一个小瓶子，"擦点药水！"柳卡吸着气往伤处抹。她很少对公公吐露夫妻嫌隙。

"孩子是无辜的，是你的血脉，也是我孙子。你不让他姓方都行！"公公给那鞋钉掌，钉得结结实实，柳卡怀疑一百年都穿不烂。

她从没在公公面前流露要打掉孩子的想法。她的心里一直窝着一团湿柴燃起的火，青烟无时无刻不呛熏。药水刺激得伤处火

9

灼火燎，柳卡低着头，眼泪终于出来了，一颗一颗，落在鞋上。

公公将肇事的鞋提起来，平举，眯眼，几秒钟后，他掀开衬底，套在支架上，又剪又拍，最后垫一块皮子，柳卡再试，舒服了。"中看不中用的东西！"老鞋匠直摇头。

"我打电话他也不接，还经常关机。"

公公提起另一双破旧的女鞋，观察着，他皱纹深布的脸和鞋面没区别。"生下来没错。有什么报应我顶着！我做主！这辈子我只认你这个儿媳！"他紧咬牙帮，猛摇塌了一半的鞋跟，拔了那废物。

柳卡是在公公中风住院的第三十五天生下的卉卉。

祖孙三代同住一家医院，喜庆气氛席卷一切。入院后没开过口的公公见到眼珠乌黑的孙女，声音发颤："爷——爷抱！"出院后，他再没出过摊了。补鞋机、榔头、刀片、大小皮件全被堆在阳台一角。只有卉卉的鞋脱胶了，老鞋匠才会窸窸窣窣翻挂了蜘蛛网的铁盒，掏一星半点内容，细细粘上。

他到哪里去了呢？

柳卡的脑子转着公公可能会去的地方，不知不觉，她吃完了那根海苔。

柳卡不想去医院看方杰。

她想等医院来电话通知她。医院若打她的电话，说明方杰醒过来了。走过菜场，柳卡还是给120急救中心的袁大姐打了电

10

话。没人接。几分钟后，嗓门大的袁大姐回电话：凌晨是送来了一个叫方杰的，年纪轻轻，脑卒中，大概与遗传有关，幸亏病发时处理及时……人没醒过来，目前体征正常，问题不大。

柳卡笑笑，双臂一垂，手袋一路下滑，她伸一根指头勾住。

柳卡与袁大姐结识很早，在认识傅小丽前就相识了。那时袁大姐还在五医院当妇产科的护士。傅小丽，是天外来客。她是通过十二个汉字，毛遂自荐到柳卡面前的。

印象中，产生那十二个汉字的秋天极干燥，很久没下过雨，地上的落叶厚厚一层，脚踏上去的声音脆得让你发虚。化验室同事都说要喝野菌鲫鱼汤了，败火。柳卡是在公交上收到短信的。"我是方杰的女友，想和你谈谈。"

陌生手机号，没留姓名。公交急刹车，一个穿黑夹克的男人撞过来，柳卡拎鱼的手回缩，塑料袋还是破了，水柱激射，她一侧身，"水枪"方向变了，柳卡周围一阵骚动……"对不起、对不起！"她连连晃手机。"无事惹腥！""霉人！""晦气，我操！"有人一句接一句，柳卡装作没听见，她的确没听见。

方杰口刁，从不吃冻鱼、死鱼，"要吃就来鲜的！"他开始尝鲜了吗？女友，女友是什么东西？找我干什么？……柳卡有些发蒙，看不懂那一排字。

她不信当年憨厚、脸上挂着汗珠与微笑的踢球男孩已成幻象。

不信自己的世界被传说中的黄鼠狼悄无声息地叼走。

她的心思曾经是那么高妙，黄鼠狼能叼去吗？柳卡是村里第

11

一个女大学生，那个读书读到远方的先行者她喊叔。叔身上有一股好闻的味儿，有时就藏在汗气里，柳卡对戴眼镜的叔和叔所在的远方无限憧憬……后来，柳卡也上大学了，也去了远方。那里的校园大得能让人迷路，转晕了，顺樱花树走，总能到著名的中日友谊路。一到春分，那条路上赏花人络绎不绝，柳卡常常想：为什么不种茉莉花呢？樱花味儿太甜了。

樱花树下有个鞋摊。摊主是个瘦高的老头，风吹来，粉红、雪白的樱花落他一身，沾在膝头和乌亮的皮围垫上，沾在尖嘴钳上，老头从不管，不紧不慢披花补鞋……看花闲人总会看看老鞋匠，撞见鞋摊的行人也会抬头看看满树的花。一次，柳卡碰到老头用鞋垫扫落蕊，拢进一只塑料袋。"哟，学林黛玉呢！"一个熟客打趣，人都走出老远了，老头才应："带回去培培月季。"柳卡抿嘴笑，忽然想起春游时旅游鞋脱胶了，她蹦蹦跳跳回宿舍拿鞋……来来往往，就知道了老头的儿子也在这所大学念书。

儿子读书到哪儿，这鞋摊摆到哪儿，老头提起儿子时手上动作有着音乐般节奏。他替柳卡整雨伞骨架，将她牛仔裤上的拉链整牢，帮她换旅行包的带子。谁是他儿子呢？

柳卡是在一个黄昏看见方杰走过来的。方杰才踢完球，结实的腿肚上有草屑。"照顾生意啊？"他撩起衬衣擦汗，笑容明亮。"嗯，修凉鞋。"柳卡哑摸着方杰的话，"你是——数学系的吧？""对，师兄啊！常来这儿？""这摊挺好。"柳卡眼角扫到方杰的鞋，很旧，缝了加固线，脚踝是裸的，红扑扑。她想起不久前的校园歌手大赛，这个高个男生将王杰的《安妮》唱得全场倾倒，他也是这样光脚穿皮鞋站在舞台上的吗？柳卡不由抿嘴笑。"你进校那天，我接的站，你提一只红色小皮箱……记得吗？"她的笑让方杰话很多。老头递来修好的鞋，柳卡试穿："多少钱？""免费。""他是我爸！"一张年轻、坦荡的脸迎接她惊讶的目光。老头沟壑纵横的脸上也填满笑意。

柳卡这才发现两张笑脸一个轮廓，像两方暗通的春水塘。她没坚持给钱，也冲父子俩笑，一家人一样。

就这样，两人开始交往了。

很快，她知道了他的故事。六岁那年，母亲出车祸，住进镇卫生所，然后是县医院，那是一段方杰刻骨铭心的日子。父亲出摊，他照看母亲，端饭打水，叫护士阿姨换药打针，给母亲唱歌……"我知道我爸辛苦，拼命挣钱给我妈治伤，可我妈最后咽气时只能拉着——拉着六岁儿子的手！"方杰低首，再抬头眼圈红了。柳卡心里直发酸……十一岁那年，他有了继母，一个常年病休在家的女人，比父亲大八岁。继母每月的钱刚够买药，平时她替人织补，贴补家用。说到继母，方杰眼里泛起暖暖霞光，这个渴望爱的男孩啊！"我爸喜欢京剧，我妈喜欢黄梅戏，我买京剧磁带回去，我妈不高兴了，你猜我怎么摆平？""再买盘带子呗！""我亲自唱《天仙配》，我爸拉二胡！""开演唱会？""不行吗？"……柳卡由衷热爱上这个家庭。

毕业第二年，两个人顺理成章成家了。

柳卡做化验员，白天常与试管打交道，分析、深究未知物分子式、稳定性；下班了，做饭、洗衣、看电视，间或聚会、健身，实在无聊也上网。高兴时，方杰干两样家务：买菜、洗碗。柳卡对网络的无所谓让方杰心花怒放，没有球赛看的夜晚，他爱霸在电脑前，废寝忘食。渐渐，阳光灿烂的周末都不出门，像长在网上。柳卡有时奇怪，一个动若脱兔的人真的会静如处子？

"我和一个网友见面了，你猜是谁？财务科小吕！那个新来的小屁孩，会点跆拳道，在网上居然收我为徒！"方杰一脸活见鬼。柳卡咯咯笑："黑客帝国，黑客帝国啊！""嘿嘿，你整天盯试管，不担心自己变成一根冰凉的玻璃管？""你的意思是再添台电脑？让我找个网上帅哥，热闹热闹？"热闹的当然是方杰。常常午夜醒来，柳卡上厕所，方杰还在网上，红光满面。"印度女孩"，柳卡某次瞥见他聊得如火如荼的网友名字，"国内的？""本地原装！"方杰眉飞色舞，"一个打字员，会跳舞、画画，还会唱京剧！""哟！约好老地方见没？"方杰愕一下。片刻，电脑关了。

"傻瓜，你才是真实的！来，印证印证！"摸上床的方杰用唇结结实实盖住柳卡，缠住里面欲逃的舌头，仿佛下一秒钟她就会被造物主收走。两人在一起，方杰喜欢用牙齿，像个美食家一样在她身上乐此不疲，柳卡任他翻来覆去啮咬、品尝……她的脑海里装着许多甜蜜的一瞬。

她不信手中浓鲜的生活之液会被外面疯狂的雨水稀释成蒸

馏水。

她不信会有其他女人来挑战自己的与世无争。

柳卡的鞋里也进了水。塑料袋里的水跑了大半，她拧紧漏水的地方，没料鱼尾将另一处也戳穿了，细细一线水，全滴进自己的鞋袜。柳卡回过神时，一双脚已冰凉。她回了那条短信：明天下午见。

3

见面的女孩很年轻，一股淡淡的熟悉气味，茉莉花香。

她叫傅小丽。

柳卡好朋友一样告诉傅小丽那些芬芳的故事。告诉她，那个阳光很好的下午，男孩方杰浑身罩在一种光环里，手在光环里冒出层层热气，脚在光环里踢踏金色飞尘，樱花树葳蕤在四周，一切，像刚着色的油画……"你没见过他最光彩、最青春的时刻！他唱的歌让所有女同学流泪，他在足球场上像精力无限的天山野马，他那时的画令你血液沸腾，全身如轻羽……"柳卡开始说得慢条斯理，后来速度愈来愈快，"这些，我全经历了，我是他黄金岁月的印鉴！我们的爱情是那个时候孕育的钻石！他这一生中，能与别的女人分享的，是他逐渐褪色的生命……如果他真的愿意，我留下钻石，包装盒——给你！"

傅小丽掏出烟来吸，吸了四支，她饱满如花的嘴唇如化验室鲜艳的试剂。柳卡喜欢这样的试剂，有时会倒出一点儿来玩，加点儿氯化钠，变色了，升点温，又变色了。柳卡右手一直搭左臂上，指肚抚着羊毛衫，那里面有牙印，方杰两天前的杰作。

"我有了。"傅小丽抽完第四支烟说。

柳卡喝一口已冷的红茶，脑子清醒。液体流下后，从喉咙到胃，慢慢凉起来。

"不信？阿杰那个地方有颗痣，椭圆，发红——"傅小丽丢了烟头，轻蔑地看着烟灰缸，好像那痣就在里面，"对了，你们很久没在一起了吧？他现在喜欢用带振动棒的避孕套。"傅小丽喝着橙汁，很响。

"你喜欢吧？我老公和我从不用那玩意儿，自家人放心，尽兴！他兴奋时喜欢咬人呢。"柳卡边说边捋袖子，小臂赫然露出一对牙印，"哎，才咬的，他总说要把我吃进肚里，这样走到哪儿都带着……有时咬急了，我叫他咬别人，他说别人脏，弄得我浑身是伤，夏天从不敢穿无袖装吊带裙……他咬你不？"柳卡目光一直没离开对面的女孩，她看着傅小丽的脸一点点泛白。在咖啡馆氤氲的光线里，那白看起来像美术馆里无人光顾的石膏像，也有些像冬天里毫无暖意的白日头。

"真的怀孕了，要去五医院，五医院的妇产科有名，服务好。"

傅小丽有些茫然地看着柳卡，仿佛对面是木马病毒变种，"哦，我就在那里验的。"

……从咖啡馆出来，柳卡直接去五医院。

妇产科。

她熟悉那个地方。她也怀孕了。

方杰同时让两个女人怀了孕。

柳卡在妇产科走廊的椅子上坐了很久，大约一个世纪，惨白的世纪。"小人的小，美丽的丽——想起来了想起来了！"袁大姐搬来一本值班记录，她告诉柳卡，傅小丽是在那个患者出奇多的周五下午来检查的，她记得，因为傅小丽一拿到化验单就消失了，她说肚子疼，忙得头晕的医生还没来得及告诫她，她被怀疑宫外孕……

柳卡触电样跳起来，苍白的脸迅速红润，像回光返照的病人。

她火急火燎通知傅小丽，赶快做 B 超。

果然是宫外孕。

须及时手术，越快越好。

傅小丽脸灰了。她出身单亲家庭，还有一个靠她贴补读书的弟弟。方杰正出长差，柳卡陪傅小丽做人流。所有费用都是柳卡一声不吭出的。傅小丽出了很多血，柳卡守护着死去活来的年轻女孩，输液、服药、擦汗、喂汤，最后，送她回住处。柳卡嘱咐司机一路将车开得很慢，到小区门口，傅小丽不让送了，"我去过你家，你家和你一样温馨、真实……我们是网上认识的，撒了喜柬，举行网上婚礼，没意思透了……你真是个好女人！我祝福你！"

方杰归来，发现家里变了样，尤其是卧室。除了天花板、地板、大件家具，几乎全都陌生。电脑不见了。"新家迎旧人啊，好，好！"他满脸堆笑，给柳卡带回了一套漂亮银饰。他做好了迎接暴风骤雨的准备。柳卡兴致勃勃检阅方杰的礼物，尤其银手链，戴上去不摘了，洗澡时都戴着。她的表现与往常无二，只是保洁异常。地板擦得镜子样，还时不时哈气擦墙上逆光才看得见的可疑污迹。有几次方杰打算挑开话题，一张嘴，词句全飞了。"要当妈妈了，我来！"他试图接柳卡手里的拖把，拿不过来……柳卡的沉静保持到一周之后。

"扣子谁钉的？"柳卡观察方杰衬衣上的扣子，手工粗劣。"我呗。""你用黑线缝白扣子？""哦，那天我没找到白线团。""可它就是白线缝的！"……

争吵就这样开始。

一只潘多拉的盒子，东西越掏越多。

"你和傅小丽还有来往？""你送她做人流，我总不能畜生一样置之不理吧？""多动人的网恋——那你娶她回来呀！""我有老婆！""真无耻，你以为我喜欢这个封号吗？"吵闹逐渐升级，如同柳卡越来越大的肚子。

柳卡有一次拨通了傅小丽的电话，电话里传来爽脆的笑声："我说了，我不会再缠着你丈夫，可你自己也要争气，管住他的脚，收住他的心呀……"柳卡一下子挂了。

五脏六腑在蚀掉。

原来的世界一片片剥落，变得斑驳丑陋，狰狞起来。

那些倦鸟归林的温馨呢？那些使她坚信不疑的芬芳誓言呢？

那些照亮生活、尘粒颤动的清晨阳光呢？柳卡每吸一口气，就觉得胸中多了一百只蚂蚁，霉尘四起。

身体多出的重量让柳卡觉得累赘，让她生出去掉累赘的念头。"做掉孩子？好啊，干干净净，一拍两散！"气恼的方杰玻璃试管一样冷脆。柳卡怔住，怔住的柳卡不由自主地将洗衣机里的东西拎出来，男牛仔裤、男衬衣、男袜，一件一件，湿淋淋的，抛出窗子，好像是用过的卫生巾。方杰抓她的手臂，她甩开，推搡中腿间一热，血出来了……方杰后来不和她吵，避着她，很晚才回来。有时干脆整夜不回来。

终于几天不回来。

他住哪里呢？一想到方杰可能睡在傅小丽那里，人流后的女孩那里，柳卡就生不如死。她用枕头压自己的肚子，在客厅里跳绳跳出一身汗……公公坚决站在她一边。只要碰面，方杰就会被父亲骂得狗血淋头。有次还动手了，老鞋匠扔出酒杯，方杰躲闪，慢了，额头见红，残酒溅湿墙上并排的两位婆婆的遗像，公公怒不可遏，抄起饭碗再砸孽子，方杰猎狗一样跑了。

公公到底去什么地方了？

柳卡担心起来。在路上问了几个熟人，有人说在滨丰市场看见他了。

又是滨丰。

这已经是柳卡第三次听说公公在滨丰市场了。那是本地最大的水果批发市场，想吃水果，说一声不就行了？柳卡抿抿发干的唇，想了几秒，拦的士。

进口是卖脐橙的，嗓子冒烟的柳卡捡两只。滨丰市场有三百多家摊档。柳卡从 A01 号寻到 A80 号，又从 C51 号转到 C97 号，到处熙熙攘攘，口音芜杂，公公身影如太空里难逢的彗星。口渴解决了，可手上残留着橙汁，柳卡很想洗手。

四周都是人，讨价还价的人。还有水果，新鲜或腐败的水果。没水，连卖矿泉水的小店都没看到，柳卡忍着不适。这不适起初像一根小鱼刺，她打算吞下，可渐渐刺变大变粗了，咽不下，吐不出，戳在喉管，戳出血。柳卡终于不能忍受——洗手，洗手！洗手啊！……人流里，柳卡开始搓手，搓，没完没了搓，使劲搓，搓得手指发热，发红，发疼，灼人的疼！火辣辣的疼带来奔袭的记忆——池塘、医院、卉卉的脸蛋……千万根银针瞬间扎来！

柳卡感觉脑门处的血突突上涌，心跳加快，眼前发花，她蹲了下来。

"走开走开！牛鬼蛇神！" "你这——女人，好不要脸！"……

好像有公公的声音。大约隔着五六间店。柳卡站起来。柳卡在浓杂的水果香味里，分辨出一丝异味，那股腥膻味。她一激灵。

果然是公公！

被一堆人围着。公公拄着三条腿铝杖，那是柳卡不久前买的，很轻，手柄处有圆垫，放下可当椅子。他颤巍巍地站着，一缕涎水流出口角，在阳光下发亮，他很慢地抬起手擦。与公公对峙的女人嫌恶地看着。那女人化浓妆，粉厚，酒红色短发火苗一样竖起，脖颈处系一条黄丝巾，身材发胖，如同漂洋过海来的臭榴莲。

柳卡见过她。在源泰生活广场见过。

公公怎会和她有纠葛？

"你还……还我的钱！"

"呸！我欠你冥钱！"水果女人拍桌子。"不还钱，就莫——莫缠我儿子！"公公用拐杖使劲杵地面，刺耳。水果女人摸出一包瓜子："你儿子！切，你儿子！我都生不出，你还能生出那型号？"周围一阵哄笑。柳卡站在不起眼的角落看着他们。

"再缠……缠我儿子，你搬到阴——间，我也跟着，看谁厉害！咳咳！"公公左颊表现出决绝，右颊抽搐着，他大概忘记吃药了。"厉害？听着老不死的，以后再来，我不客气了！这儿不是养老院，有治安员、经警！还有，叫你那贱种也别缠我！另外，耽误我生意，照赔！"水果女人的瓜子皮四处喷溅。

公公就是没中风也斗不过她。看客们兴冲冲打探来龙去脉，有人高声问："这老家伙是不是和她有一腿？"……柳卡溜出来。她到对面摊档捡了一堆苹果、鸭梨，"零卖吗？""苹果五块，梨四块五！"做批发的女摊主信口开河。柳卡痛快掏钱，"对面那个，生意不错吧，舌头功夫深！"女摊主撇嘴："她？寡妇！新闻人物呢！瞧见没，那病老头是第三次来了，说是跟了她四个地方，不管搬到哪儿，总能找到她，一物降一物，克星！""老头找她干吗？"柳卡递上口香糖，再借刀削梨，戴金戒指的手接了口香糖，还搬出凳子。事情有眉目了。

两个人前世大概有仇。几年前，老头出过一笔钱，请自称手段通天、在附近摆摊的水果女人赶走他儿子身边的小狐狸精，他儿子快当爸爸了，他要给未来孙子一个安稳的家，水果女人不知使了什么招儿，小狐狸精倒是被赶跑了，可这个老狐狸却从此缠上了他儿子。老头只好影子一样跟着她，要她远离他儿子，还他儿子正常生活……

柳卡不停地吃，她吃下一只梨、两只苹果，站起来时，发觉自己吃得太多了。加上没消化的橙子，胃胀得厉害，柳卡觉得全身都变成了胃，一碰就难受，动哪儿都困难，她的额上出了一层细汗，汗粒濡进眼里。她努力睁开眼，去借用女摊主的卫生间。

4

终于能洗手了，柳卡在狭窄简陋的卫生间痛快洗着，反复洗。卫生间挂镜上有两张大头贴，左边是快乐的女摊主，右边是可爱小女孩。柳卡一抬头，目光就被右边的大头贴粘住了。小女孩扎神气的冲天辫，蝴蝶结硕大，酒窝尤其可爱，她是在冬天出生的吗？

卉卉也有这样的酒窝，很深。

卉卉和雪花一起来到人间。冬天出生的孩子冰雪聪明。卉卉一岁零八个月时，认识十二个国家的国旗，能说出那些拗口的国家和首都的名字。两岁半时，会看挂钟了，知道十二点、九点、六点、三点的位置，只要发现指针在熟悉的地方，她就会汽笛一样准确报时。那个下午，柳卡从源泰生活广场回来的下午，天阴沉沉的，她木着脸进门，将虾仁、鸡蛋等搁冰箱，径直进厨房。卉卉在玩积木，早注意到母亲的脸色了，她没有像往常那样扑进柳卡怀里撒娇。三点整，卉卉站在落地挂钟前，摩挲玻璃壳，她没报时。她悄悄探头进厨房，柳卡坐小凳上，发愣。说好了三点要去吃麦香鸡腿的……卉卉抿抿小嘴，踅回客厅，继续盖房子。房顶有架风车，盖好，拆掉，再盖。看电视的爷爷歪沙发上打很响的呼噜，小房子好像都跟着抖，卉卉又探头进厨房。

柳卡还在发呆。看着墙角蔫塌塌的黄蒜苗在发呆。那堆蒜苗发出带腐味的辛辣气息。柳卡坐着的小凳压住了蒜苗，破溃的蔫物很快成了更大的味源，厨房里的辛辣味水纹一样扩散，愈来愈盛，愈来愈明晰……它令柳卡无法动弹。柳卡在气味里散步，在气味里溯源而上，每一根血管都随之膨胀、收缩。她怎会忘记这气味呢？

那个没有星星没有月亮只有昏黄路灯的夜晚，腆着大肚子的柳卡刚从奇脏无比的公厕出来，就被方杰堵住了。方杰的身上散发着一股浓烈的葱蒜味儿，隐着腥膻，像厕所里的味儿。柳卡一见到他，蹙紧眉。

"跟我回去。"

"你知不知道，我刚才上厕所，一脚踏空，差点栽进坑道了，坑里好恶心，有蛆！密麻麻蠕动的蛆！"

"我和傅小丽断了。"

"知道为什么会踩空吗？肚子太重了，步幅变小了，低头时只看见大肚子！"

"我们以后不必为那个女人吵了，她和我没关系了。结束，彻底结束了！"

"太重了，我想我背不起……不想背了，我不能再背了，等到真的掉进粪坑那一天——还不如一头撞死算了！"柳卡咯咯笑起来，她用手撩着垂下的发，脸烫得很。

"我要是再和傅小丽在一起，出门汽车撞死！我的孩子也活不过十岁！"方杰突然很大声说道，从未有过的决绝。

路灯下众影迷离，方杰的手小心环在柳卡后腰上，两人的影子此时看起来是一个，古怪的一个。柳卡仔细分辨着球样的圆肚究竟长在谁的身上。她嗅着方杰身上一阵阵葱蒜味儿，捂住鼻子。他不知在哪里解决的晚饭。

柳卡仍在笑，带出酒气，她是从"康定酒吧"出来的。

"相信我！"方杰郑重补一句。

脸颊发热的柳卡歪头看方杰，大脑里一束明亮的光让关键处纤毫毕现。方杰的每一句话都像是从蒜瓣里剥出的，如此强烈、真实，同几小时前翻天覆地的争吵一样。

仅为了一根头发。黄头发。柳卡发现那根不长不短的卷发时，方杰正在看报。"这是谁的？"方杰没理她。柳卡瞟一眼他手中的报纸——"你是我最美的梦"，本地极受欢迎的情感故事栏目。"是昨晚长出来的吧？"柳卡拍掉报纸。方杰恼怒地抬头，他的脸色很难看。柳卡上前一步，踩在报纸上，踩在"你是我最美的梦"上，方杰盯着她的脚，看得出他在极力压抑。柳卡再上一步，凸起的肚子碰翻了水杯，热气腾腾的水漫向方杰的膝盖。"他妈的，怀孕就了不起啊?!"

柳卡摔门而出。

肚里的小东西不满地在动，柳卡摸摸。"诸神附身，你才能诞生！"她的心和啤酒一样涩。就在默默饮酒的时候，就在一个眉目如画的女孩挽着男友手臂离座的瞬间，柳卡下了决心要做轻身术，她绷不住了。

柳卡喝了不少酒，肆无忌惮。出来后走了两站路，上了三次厕所。

"我们好好过，生儿育女，从此好好过。你要是不信，我现在就站那儿！"方杰扭身奔向马路中间，烈士一样。一辆大卡车风驰电掣而来。"回来！给我回来!"柳卡声音变了调。

那晚，他们说了很多的话，知心话。两人试着解开一个一个的疙瘩，有多久没有这样真诚相对了？有多久尘封了心扉？残留酒意的柳卡觉得像做梦。

……

"世上只有妈妈好，有妈的孩子像个宝……"背后响起稚气的歌声。柳卡慢慢回头，卉卉站在门口，晃着冲天辫卖力唱，手里还捧一杯水，热气袅袅。"谁叫你动热水器的！"

卉卉被断喝吓得一哆嗦，玻璃杯落地，摔破了。小女孩缩两步，怯怯看着母亲。烫着了？柳卡的心提起来，迅速从女儿的手看到脚上，还好。她抚抚胸，卉卉，我的小卉卉……她将女儿一把揽在怀里。这些响动惊醒了公公，粗沉的声音比人先到："卉——卉没事吧？"

"没事没事，碎了一个杯子。"柳卡淡淡的。

别的东西也碎了。

柳卡去源泰生活广场买裤子，裤管长了，她上三楼绞边，顺便在附近逛，逛到内衣区。文胸、丁字裤、收腹裤、腰封……"黑色不错——"耳朵竟飘进男人的声音，柳卡倏地抬头，隔着几排缤纷的内衣，她看见了眼熟的结实的背。

是方杰。方杰与一个年龄不小的胖女人站一起。女人拎一件黑色文胸，张扬地在胸前比画："大了点嘛。""我看合适……"夹公文包的方杰捻蕾丝边，他们的臀部旁若无人地挨着。柳卡嗅到了一缕异味，腥膻，从两人的方向传来的，像狐臭。方杰没这毛病，是那女人的。

方杰和一个有狐臭的女人在一起！

他宁愿和一个狐臭女人搅在一起！

柳卡和丈夫隔着女儿睡觉已经一个多月了。两人为公公中风的事吵一架后，谁也不愿将熟睡后的卉卉抱到小床上，一天天冷战着。方杰又有了其他的女人！

所有内衣都变成了脸，两张女人的脸，文胸全是傅小丽，内裤都是狐臭女人！

欺骗。这个世界，这些内衣，这些丰乳肥臀的塑胶模特，还有促销员殷勤的笑脸，全是欺骗。最危险的时候，柳卡身子不停地发抖，满脑子想的都是你死我活，她几乎控制不住自己了。柳卡的包里有一把折叠水果刀，她想使这把刀，用在谁的身上都行，她全身蓄满了力气，没有风，前额的头发却飘起来了，擦着眼皮，她想卸掉这股力。满额青春痘的促销员取下一件橙色提臀裤，对这位眼神发呆的顾客滔滔不绝推介，她一点也没意识到可能发生的危险。

柳卡的手滑进包里。她已握住水果刀柄，很紧。指头同时触到了一块硬硬的东西，一盒彩泥。

卉卉还在公公那里。她答应给女儿买大盒的彩泥，还答应三点前去接她，去吃麦香鸡腿。柳卡扶着广告牌上一个一个的俊男靓女，挪到无人光顾的楼道。那股力仍在体内燃烧，可它们不在腿上，因为腿在不停地抖，发软，那股力在腰部以上泛滥，汹涌奔腾，欲破肤而出。柳卡最后抬起手，"咣"地给了自己一个耳光，又一个耳光，两耳光过去，那股力削弱了，腿也渐渐不抖，她挺住了，就那样生生挺住了！在幽暗处，在人群之外，两颗很大的泪珠长时间噙在柳卡的眼眶里，没出来……

柳卡木木地回到公公那里。

下午四点半了。柳卡边收拾卉卉的玩具边交代公公："源泰生活广场有人做推销，说麝香止痛膏对关节痛有特效，我买了两盒，放床头柜了。另外买了双保暖鞋，在衣柜抽屉里。"

"就……就在这儿吃晚——晚饭？"

柳卡摇头："方杰说要回家吃饭呢。我叫李嫂给你焖红油虾仁。"

晚饭方杰当然没回来。

晚上九点，柳卡给方杰拨电话，没人接。拨第三遍接了。"总公司检查组来了，我在接待，有事？""卉卉不肯睡觉。"柳卡将话筒递给女儿。怀抱布娃娃的卉卉奶声奶气："爸爸，我要小靴子，给娃娃穿！""爸爸，你回来陪我玩。""不，你现在就回家嘛！……坏爸爸！"卉卉哇哇大哭起来。她不是爱哭的孩子，可一旦哭起来，麦香鸡腿都哄不住，她要哭哑小嗓子。卉卉边哭边瞅母亲，分辨出母亲的眼里也有东西在闪，她蓦地住嘴了，再过几秒，竟对柳卡甜甜地笑。这个小玩意儿啊！

半小时后，方杰回家。卉卉不计前嫌地依过去，父女俩玩起老鹰抓小鸡。疯出汗了，卉卉要吃冰激凌。"乖，人家关门了，明天买！"卉卉一言不发，揪布娃娃的耳朵，那耳朵潮乎乎的，还有她残留的泪。"好，去，带你去！"方杰抱起女儿。父女俩兴尽而归。十点半过了，柳卡问吃过冰激凌没，卉卉兴奋得脖子都红彤彤的，"吃了，还坐了呼啦啦——飞机！"

是街心公园的大转盘。

就是从这一天开始，卉卉有了不同寻常的习惯，喜欢晚上八点至十点缠方杰逛街，换了别人不行，柳卡也不行，不去就耍赖，涕泪滂沱……方杰心疼女儿，只要不出差，陪她去，渐渐地，也习惯了。父女俩去陶吧玩泥，逛夜市，流连街头，听闲人吹拉弹唱。偶尔方杰会露一手，高歌《五星红旗》《金鱼和木鱼》。卉卉跟着大人们鼓掌，她也表演，小手放背后，一口气报出二十多个国家的国名、首都，赢得满堂彩。

柳卡后来想了很久都没想明白，卉卉这孩子如何有了夜逛这不同寻常的习惯，她的基因里究竟复制了自己哪些部分。

事实上，方杰还是重视这个家的。公司组织节日游艺活动，他总是携妻带女，卉卉很争气，每次都带回奖品、赞誉，三口之家以前年年当选"五好文明家庭"。出差了，他从不忘给女儿带礼物，玩具、衣物、糖果，有次还带回了一只刺猬。当然，他也顺便给女儿的妈妈捎顶软帽，带枚戒指什么的。

女儿是环绕两座山峰的溪流。柳卡每每将女儿搂在怀里时，就有月光照进心里，就拥有了踏实与宁静。有时她怀疑自己：当初怎么会有放弃这个小生命的念头呢？一想起这，她就不寒而栗，更紧地搂住了小人儿。那圆挺的下巴，是她的；可爱的酒窝，是她的；薄翘的嘴唇，也是她的……女儿是她结出的果子啊，是她到现在为止发掘的最纯粹醇酽的快乐之源，是她和一个男人自此无法割舍的证据。

可真的无法割舍吗？午夜梦回，柳卡考虑过离婚。离婚了，她没有丈夫，女儿失去完整的家，一挂残损蛛网，经风沐雨，伤痕满目……每每想到这些，柳卡会失眠，像条蹦上岸的鱼，不由自主团紧身子，许久以来，不让方杰碰的身子。

柳卡无法忍受方杰身上的那股异味，入侵者的味儿。她试过两次。在状态渐佳时，她就嗅到了那股气味儿，腥膻味，从方杰嘴里、胸前散发出来。她屏息，努力不让它成为障碍，丈夫发热的身体缠住她……但她终于无法坚持，松劲了，她敌不过那味儿，溃退下来，全线溃退。她的身子在陌生气味里慢慢变凉，她感觉自己在一个钢筋水泥的森林里漫步，没有花草，树木皆化石，她直挺挺躺着，像具尸体。柳卡对肉体的工作仅剩下概念，她无法承受熟悉的身体带着入侵者的气息对她压制、掘进，她将他的身体推下来。方杰向来不勉强她，甚至诧异都很少流露，他翻一个身，带着那股腥膻气很快入睡。

柳卡拒绝了几次后，渐渐地方杰也不大主动了，两个人上了床就睡，好像都深深疲乏，累倒梦里。柳卡有一次对同事说，同床异梦不是行为，确实是梦，同事张着嘴看了她半晌。

但女儿不是梦。女儿是真实的，是方杰带给她的最珍贵的礼物。

柳卡只知道散发腥膻气的女人是做水果生意的，却不知道原来就在滨丰市场。

柳卡在女摊主逼仄的卫生间里待了足足半小时。她不知道，那些梨、苹果，是如何吃下的，双手实在脏腻。卫生间根本不通风，肚里的水果全造反，柳卡忍不住呕吐起来，使劲呕。

她腹部空了，现在，胸腔里也是空空的。

5

柳卡再次站在围观者中，有些麻木。她寂寂看着。

柳卡看到水果女人的指头几乎戳到公公脸上，公公左腿、左臂发疟疾似的抖，肘上的一粒饭抖下来了，"不要——脸的女人！"

"脸？要不要我和那贱种再表演一次？"大概塞牙了，水果女人响亮咂嘴，掏牙签。"演一次，再演一次嘛！"有人起哄。"没廉耻！男人就是被这样的货色拉下水的！"一个女人愤愤的。"那我不客气了，下次拉你男人啰！"水果女人甩了牙签。人群一阵哄笑。一个扛蛇皮袋的小伙子挤进来，水果女人歪歪下巴，小伙子咚地卸货，公公趔趄一下，几乎栽倒，水果女人嘎嘎笑，验货。周围嘴巴不闲，议论纷纷。"当场捉奸了，当场！""按在老头床上，男的女的赤条条！要不然，他会气成这模样？""老家伙也是的，看动物世界嘛，哈哈！"……柳卡灌了一耳朵。

原来，方杰和水果女人偷情，偷到了自己父亲的床上。

　　原来，公公目睹了那活景。

　　出摊后，老鞋匠发现顾客的鞋落家里了，回头去拿……"你对得起你媳妇？"老鞋匠双脚钉在卧室门边。"这还不是为了爱护她？她都快生了！""我让你搞破鞋！"公公手里的物什砸向嬉皮笑脸的方杰，方杰躲了，击中了水果女人的脸，是只尖头女靴。

　　原来，公公中风由此而起。

　　公公中风时，柳卡就在他身边。离预产期只剩一个月了，柳卡买了排骨，本打算回家炖，半途折去公公那里。意外发现公公在家，喝酒，就着一盘冷豆角。"爸，这么早收摊了？我给您炒热菜。"公公没应声，只顾埋头喝酒。柳卡是在切香肠时听到"咕咚"一声响的。她拿着刀出来，公公不见了，不在客厅椅子上，倒地上了。"爸！爸！你怎么了？"柳卡弯腰扶，她的大肚子妨碍了动作。柳卡吃力地将公公往床上拽，一步一步。墙角椅子绊了一下，柳卡俯身护肚子，腰撞到床头柜了——她咝咝吸凉气。公公的床凌乱，枕头耷拉在床沿上，床单皱巴得像李嫂揉的腌菜，还有股腥气。柳卡展被子，给公公盖上。

　　公公的酒味很浓。柳卡绞热毛巾，擦他的脸、手。也许他想起了婆婆，喝多了酒，呛胃了，躺一会就会好……但公公的脸色愈来愈青，双手握得铁紧，鸡爪一样，他的鼻息忽弱忽强，柳卡喂水，水从公公嘴角溢出。她害怕起来，给方杰打电话。办公室没人接。手机关机。再拨，关机。关机。

还是关机。

柳卡捧着手机喃喃："你的父亲！这可是你的父亲！"她从卧室走到客厅，又从客厅走到卧室。还不到下班时间，左邻右舍无人。柳卡又去瞧公公，公公仍然一副苦大仇深样子，头发乱蓬蓬的。柳卡拨了120。

120医生一进门，从公公嘴里抠出一块半指长的豆角，医生严厉责怪柳卡一点常识都没有，人明明中风了还乱搬乱喂水，自己大着肚子也不注意，三条命捏手里这么随便……柳卡很委屈，脸上汗泪交加。公公从急诊室推出来，方杰匆匆赶到。柳卡没问他到哪里去了，也没问他为什么关手机。她没心情问，撞过的腰还在隐隐作痛，她刚服了药，保胎药。忐忑中，柳卡见到了公公古怪的后遗症表情……

柳卡觉得都是她的错，如果不乱搬乱喂水，如果及时打120，公公会完全康复，会像以前一样精神抖擞出摊，在鞋山上敲敲打打。

卉卉出生了，卉卉帮母亲消散那些愧憾。公公一抱起卉卉，就乐不可支，病魔都挡不住老人从头发丝泛到脚趾的舒泰，这使柳卡双重感动——为公公，也为天使般的孩子。还在坐月子，柳卡就翻看关于脑卒中的书，医生告诫过这病有复发性，她不能再犯同样的错误，她甚至去护校旁听了几堂课。一年后，公公果然第二次发病，洗澡时犯的。这次，胸有成竹的柳卡发挥了很好的

33

作用，公公留院观察三天就出来了。——只是她没料到，有一天，她学的知识会用在方杰身上。

"你就不怕报——应？破坏我儿子的家庭，伤了我好……好儿媳，下辈子当蚂蚁噢，千踏万碾！"公公拐杖杵得咚咚响。

"哟，公公疼儿媳呢！我呸！贱种偷人，贱种找的媳妇难保不偷人，说不定偷大人！"

公公嘴唇直打战："我……我儿媳是太阳，光芒四射红太阳，你这阴沟嘴不配提她！"

……公公还那样维护自己，维护儿媳的尊严。一瞬间，柳卡一阵羞愧。

人群里，柳卡被一种蜕皮般的热辣占领——为自己刚离开章成辉，为和他在一起时的激烈、癫狂。

柳卡和章成辉好上了。

那个中午，章成辉给她打电话，约她吃晚饭，柳卡沉吟着，电话那头顿了一下，告诉她，是他的生日，没人陪他过生日，声音落寞得像个荒芜女人。柳卡答应了。柳卡下班后买了一只精美的打火机。见到礼物，章成辉两眼泛光："很久以前收过生日礼物，后来，越过越孤单了……"吃完饭，去商场。章成辉径直奔箱包专柜，挑了一只肩包，问柳卡好不好看。"不是要买烟吗？"柳卡盯着一只藕红墨绿颜色交错的手袋，她很久没注目过那样缤

34

纷的色彩了。章成辉指指手袋，服务员拿过来："先生好眼光，刚到的新货，羊皮。"柳卡翻着标签："打折吗？""新货不打折。"看手袋的柳卡没注意服务员麻利开了票。章成辉将手袋送柳卡，柳卡不接。"今天是你过生日，不是我。""来而不往非礼也。"章成辉坚持。"礼下于人，必有所求。"柳卡一说完，就后悔，她看见章成辉的笑变成了很有内容、很丰富的那种。章成辉邀请她去感受他的单身生活。章成辉这么说时，脸色酡红的柳卡想回家，喝了酒，脑袋沉。一只手忽然搭上她的肩头，柳卡一扭头，手拿下去了，"对不起，喝多了！"章成辉讪讪的，"不过放心，到我家，酒肯定醒了，放心！"章成辉的脸在路灯下散发出成熟男人惑人的光。

柳卡跟着章成辉来到了天苑小区 D 座九号。

"我打一个电话。"没人接电话，方杰不在家。柳卡没接着打手机。方杰当然是在外面。

为什么我就不能在外面呢？柳卡的心跳微微加快，握在新手袋上的手指也琴键般跳着。空气中传来一股气味，一股令柳卡不由自主想闭上双目的气味，那气味里有腥膻，那腥膻气味迅速淹没她。

章成辉的手再次搭上她肩头时，柳卡没做反应。

章成辉进入她的身体时，柳卡也没做很大反应。

柳卡午夜回家。屋里空寂得像坟墓，方杰还没回来。

次日上午，她去公公那里。柳卡站在肢体颤抖不已的老人面前，忽然有了一阵莫名其妙的快感，痒痒的，她的身体发热，喉咙瞬间变干——这种感觉不洁，仿佛隐秘部位贴了一剂膏药，但这是一剂怎样的膏药啊！竟有如此奇异的力量，它使柳卡在公公面前兴奋得手足无措，简直手舞足蹈！

她干脆放任了它，她在新的感受里脱胎换骨，一点点蜕掉过去的皮。

从那一天起，柳卡和公公说话的音调都高了不少，含着一种被放大的秘密的欢快，这种变化让有些耳背的公公很受用。

柳卡和方杰的生活奇异的平静下来了。两人亲人样和睦相处，不再过问彼此的私生活。深秋某天，小雨，柳卡忽然接到丈夫电话："我晚上有事，回不来了。被子薄，夜里你加床毯子。""嗯。你也不要冲冷水澡！"柳卡在电话里听到了一声很轻的女人咳嗽。挂了电话，她悠悠地吸烟，吸完，给章成辉拨电话。章成辉很快冒雨过来了，捧着一束花。

爱与不爱，有什么不一样。爱与不爱，又能怎样……

柳卡有一次遇到了傅小丽。傅小丽在挑耳坠，柳卡碰落她的伞，"对不起！"两人四目相对。傅小丽愣了几秒，启齿一笑，又专心看耳坠了。傅小丽还是那样靓丽、光鲜，嘴唇饱满如花，她身边站着一个高大小伙子，小伙子揽她腰。傅小丽身上有种巧克力的甜香，化验员柳卡精细鉴析，那淡淡的茉莉花香味消失了，她换了另一种香水。

消失的将永不再来。

卉卉离开后，柳卡恋上了烟。原来烟才是不舍不弃的良侣，一味慢补的药。如今，柳卡更愿意无所事事地陷在烟雾里。将手一遍一遍地洗净，洗得发白，然后干净地、静静地吸烟。爱方杰，或者爱章成辉？——她不探究这些问题，她连恨都已渐渐模糊。一些东西就这样结了茧。

现在，这茧被公公和水果女人撕破了。

茧里刚成形的蛹，如此奇形怪状、孱弱。

6

围观者越来越多，柳卡觉得气闷，挤出来了。

她抓着章成辉送的手袋，手心出汗，痒，脏痒，钻心。她掏纸擦，使劲擦，擦不掉。柳卡先是甩手，然后发狠般搓捻，掌心皮肤渐渐绷紧、发麻，这麻让她紧张。她不要麻木，她拼命搓，不顾一切搓着，掌心破皮了，终于有感觉了，火辣辣。有几个人回头看她，柳卡兀自搓捻，火烧火燎中。她又看到了卉卉的脸，安静的小脸，白得那样不真实——心里像挂一个小槌，没完没了坠，往下坠，永远，柳卡又想吐，她再次蹲下，手袋啪地落地。

蹲下的柳卡看见了章成辉。

风度翩翩的章成辉就站在对面。他也发现她了，长风衣旋落，乍开的莲样，章成辉双目一亮。

丹桂飘香，柳卡单位破天荒组织旅游。去云南，八天。柳卡有些犹豫，她当然想去，可卉卉从出生到现在很少离开母亲，孩子怎么办？方杰极力支持她去，柳卡就去了。

回来，家里除了脏乱，一切正常。当晚，柳卡开始大扫除。消毒液、清洁剂、清水，一遍遍拖地、擦墙、抹桌椅，掀下能掀的一切，包括小挂袋，扔进洗衣机。方杰翻来覆去按电视遥控器，最终扒下衣物，再扒下卉卉的，交给改天换地的主妇。

阳台上挂满湿漉漉的衣物，如重兵布阵。柳卡元帅一样站在光洁一新的客厅，窗台上的 84 消毒水气味仍浓，双目被刺得转泪花，柳卡还是嗅到了气味——那股腥膻气。

令她无法释怀，那是阻碍呼吸的幽灵。

柳卡不允许那气味侵犯到自己的领地。

不知道为什么，那气味专门跟她作对。它会从方杰身上感染其他物什，它会从窗帘、沙发、烟灰缸，包括洗脸毛巾上散发出来……水果上她都能嗅到，尤其是方杰买回的水果。葡萄去皮了，芒果剥净，还能咀嚼出那气息。她怀疑自己过敏，像只负荷过重、无法蹦跳的袋鼠——那还是袋鼠吗？

柳卡反复想过，水果怎么会沾那种味儿呢？桃里，香蕉里，西瓜里，柚子里……除非那女人是卖水果的。

水果女人。

她又嗅到了。好像是从——卧室方向来的，柳卡抽着鼻子进卧室，方杰鼾声大作，他和卉卉逛街回来就睡了。凝神，那气味又没了。柳卡下意识地拎起方杰的裤子，外科医生般麻利剥下裤带，一根手指勾到阳台，按进消毒水里。

对于这股腥膻气，柳卡绝对是世界上最好的猎人。

那次，她陪领导吃饭，桌上摆着鲜香财鱼火锅，她却嗅到另外的气味，和鱼无关的腥味。源泰生活广场嗅到的气味。那气息愈来愈真切、清晰，柳卡胃里翻腾，她实在坐不住，更吃不下了，她借口去洗手间。柳卡循着气味来到楼上包间，爱琴海厅。她将门推开一条缝。一个穿墨绿套裙的女人捧着话筒在唱歌。是她，柳卡在源泰生活广场见过的女人。水果女人。水果女人对着脖领敞开的男人唱得声情并茂，那是身心松弛的方杰。屋里还坐着两男两女。方杰面对柳卡，却没发现她，他的注意力不在门上，他的注意力在唱歌的女人身上，他手在腿上打拍子，目光能溅出火星。他脖子上绕着另一团火，女人的红丝巾。柳卡手机响了。方杰回过神，他在看到她的一瞬间有点慌张。"我在楼下，吃饭，哦，有领导……"柳卡很不满意自己的表现，仿佛理屈词穷。方杰笑了，方杰潇洒地摘掉丝巾，像摘掉一根老黄瓜。他介绍柳卡："我老婆，呵呵，化验专家。"再介绍水果女人，"水果供应商，梅老板！"水果女人面无表情地看柳卡，柳卡点点头。

柳卡回到自己的包间，再没吃一口菜，她的脸泛白。这使酒兴正酣的领导没向她发难。和方杰说话时，柳卡清晰地看见他耳后的口红印，那印子大概也有气味……想到气味，想到她日夜与之对抗的气味，治标不治本的气味，柳卡突然想发怒，想掀掉桌子！往每个人脸上泼酒！砸烂一切！柳卡在座位上纹丝不动，脸上始终有笑意，礼貌、苍白的笑意。蓦地，她站起身，敬酒，五十六度白酒，干一杯，下一位，又干一杯……她咳着，突如其来的豪爽举座皆惊，"真人！真人才不露相啊！"……柳卡已双颊绯红，她说不出话来，喉咙深处、更深处，烈焰无声。

柳卡听说过心理学名词：移情，也听说过移魂大法，武侠剧里的。

向死而生，她扎进了服装生意。

好友南下，柳卡赴告别宴。宴席上，好友委托一帮同学照应门面，"转让启事贴出去了，跳楼价啊！"将军肚的男同学咂嘴，"你那是旺铺，若非才买车，我就要了！"旁边的女同学也来劲儿，"可不是，我想开服装店，穿衣打扮先领风骚，还赚零花钱！就是太耗神了，老公不愿配合，我一个巴掌拍不响！"如同电光火石，柳卡动起了脑子……她盘算着接下门面，解决朋友急难也解决自己急难。

久旱逢甘霖的兴奋浇她一身！柳卡盘算的是童装，精品童装。她想代理两个品牌，一家广州的，一家上海的。她考察过，行情不错。方杰不大支持："生意不好做，你一个生手……""这么说，咱爸一生下来就是鞋匠？"方杰直摇头，但他拗不过她。柳卡的思路很清晰：这个城市品牌童装店极少，竞争压力小，经营好的话肯定赚钱；最重要的是，她能大大方方排满自己的时间表了，卉卉交给方杰，全职爸爸的可支配时间将无限压缩。想到这点，柳卡总忍不住笑。还有，开了这个店，说不定将来能促使女儿做个服装设计师呢，这可是个好职业……柳卡憧憬着，全身心被一种新的东西灌注，仿佛仲春的池塘，波光熠熠。

这项投资不小。柳卡动用了全部流动资产，盘算下来，还差五万周转。她没让方杰出面借钱，自己马不停蹄找亲友凑了三万，还差两万。这两万让柳卡伤透了脑筋。柳卡找过两个同学，一个在银行上班，一个卖气焊机。银行同学说钱倒是拿得出，只是正打算买某理财产品，柳卡讷讷地保证付高息，说好拿钱那天，她兴冲冲上门，银行同学一家人去新马泰旅游了。卖气焊机的同学起始答应得也很好，最后一次通电话时才说："我先给你一批气焊机，你以后按七折还我本钱就行了，别人都是八折……"

那段时间柳卡翻来覆去睡不着，做梦都想着两万块钱。南下好友急等用钱呢，她牙齿都上火了，左颊肿得像馒头。此时方杰倒很配合，积极办理工商税务登记，物色店员，购工作服，定制招牌。两人话题也多了，成本、促销、管理……他甚至请过一次假，陪柳卡去广州看货。

柳卡就是这时候认识章成辉的。章成辉也有店铺，三个服装店三个鞋店，其中一个和柳卡的店面在一条街上。章成辉有一批旧货架要处理，柳卡买了，价格公道，双方爽快，互留好感。后来礼尚往来，喝了两次茶。也许是因为他身上的茉莉花香，也许是因为都喜欢黄昏细雨，两人交浅言深。"有困难找我哦。"牙齿很白的章成辉像个警察一样承诺，柳卡开心笑，黄昏里像绽开的红莲。病急乱投医，柳卡期期艾艾向章成辉开口借钱。"我说过有困难找我嘛。那铺面真的不错，以前我也动过心思，你挺有眼光的……哦，两万够吗？""够了够了。"柳卡差点被热茶烫着，她已领略他的爽快，但还是意外。"钱我也不白借。说好了，哪天你不想做，要原价转让我！""一言为定！"对这个遥遥无期的约定，柳卡不以为然，更觉好笑。

"我也是从小店面做起来的，第一年是投资期，慢慢来……"章成辉信心百倍鼓励柳卡，表示有困难仍可随时找他。柳卡真诚感谢，感谢这个善于让资产增值的热情男人。

钱凑齐了，方杰铁了心支持。生活的节奏提速。三岁的卉卉似乎也一天比一天懂事，她上幼儿园了，很少缠早出晚归的母亲，她缠天天接送的父亲。家里忽然被一股绳拧紧，每一刻都像在掐秒表。

柳卡觉得生活的阳光重新移到头顶。工作和店面让她殚精竭虑，她几乎忘了也没有时间去想那些不愉快的牵心揪肺的疙瘩。事实上，自接手店面，柳卡已很久没遭遇那个如影随形追着她的气味幽灵了。生活原来可以重塑。

柳卡和章成辉站在小山一样的香蕉前说话。

甜腻的水果气息虫子样爬进鼻子。

章成辉说家里的水果没了，"昨晚你吃猕猴桃挺诱人——"

他舔嘴唇。他已挑好了几只大蜜柚，邀柳卡去尝，柳卡回绝。"我还有事。对了，我要考职称了，以后，我们见面的机会会很少。"她说话时对着香蕉山，目光冷冷的，与几小时前判若两人。章成辉迷惑地看她，他的手本来紧贴她的臂，现在，松开了。"那我去 H 市，也给儿子送点水果。回来打电话给你啊！"章成辉的儿子在邻近的 H 市一所著名的重点高中，他每月开车去看一次。柳卡目送他离开。

7

柳卡又回到了原来的摊道。她担心公公再次中风，她不愿意看到方杰父子同时躺进医院。

她急急地往人群里挤，踩到一只脚。公公放下了铝杖，坐着，双手挂膝，像个落魄而不失尊严的将军。"一身骚味！"他的声音比刚才清晰有力，混浊的眼睛此刻炯炯放光。

"你儿子不就喜欢这味儿？""那是兔崽子感……感冒了，鼻塞，在你那儿排毒！"公公呸地吐一口痰，臂、腿不抖了。"哈哈，排毒？我倒见识过你那兔崽子见不得人的毒瘤呢，那才叫毒……"

柳卡终于弄清楚了，水果女人是如何"赶"走傅小丽的。

偷腥的猫闻不得腥，她用腥。方杰公司需一批水果发福利，水果女人获悉商讯，上蹿下跳，专车请经理助理方杰到省城看球赛、唱卡拉 OK，顺便要来他的 MSN、QQ 号。她的精明、火热让方杰新鲜，两人网上网下热火朝天，她一举两得，生意促成，也与方杰搭上了。怎样摧毁他与傅小丽的网恋呢？水果女人不缺黄鼠狼脑子。她花钱请一个大学生当侄子，领着侄子找方杰安排实习。不久，方杰的办公电脑瘫痪，侄子热情解围，电脑正常了。但第二天，傅小丽发给情人的写真照，赫然出现在某热门网站……接下来几天，春光外泄的照片让网页点击率暴涨，急火攻心的方杰向傅小丽解释，结果愈描愈黑。傅小丽一气之下将方杰写的四封情书全文晒网……这就是本地沸沸扬扬的"艳照门"。柳卡向来对网事漫不经心，一直蒙在鼓里，但情书的事她知道。

情书上了晚报。标题：你是我最美的梦。那个晚上，方杰宣布与傅小丽完结的晚上，柳卡读过那张报纸。那天从外面回来，柳卡累了，方杰去洗澡，她看电视，遥控器躺地上，吵架时扔的。柳卡捡遥控器顺便捡起报纸，被自己踩过的报纸。"婚姻的球场上，球不见了，或者说它搁在球门里，慢慢腐烂……""你是我梦想的那粒球！……你让我重新奔跑！让我激情燃烧！"球迷的情事，难怪吵架时方杰看得那么上心！次日上班，有同事议论该文，柳卡还发表了高见："女人是球吗？被男人踢来踢去的足球？狗屁！"

事实上，一直到现在，柳卡都认为傅小丽是个较单纯的女孩，贴在网上的情书没公开方杰任何真实信息，只公开了他网名：加州牛仔。柳卡的名字全用 L 代替，也许是编辑处理的。即使是这样，仍影响到了方杰的前程，公司有人知道加州牛仔的真名，于是领导找年轻有为、生活作风有待改进的牛仔谈话……方杰的级别就是这样被搁置下来的。

"作孽哟，吞老人的钱，还害——害我儿子！没天良！"

"老不死的你会不会算账？你知不知道那贱种在我这儿吃了多少羊肉大补火锅？抽了多少烟？还不算老娘陪他！"

"贱肉贱烟贱火锅贱骨头！"公公节奏铿锵。水果女人的瓜子嗑完了，张着两手，一时失语，显出气短来。公公佝偻的腰此刻挺直，身体好像稳定下来了，柳卡稍稍放心。

她总算弄明白了那股腥膻味的起源。

水果女人在新疆待过几年，她的亡夫是有名的屠夫，宰了无数只羊，她喜欢吃羊杂，更学会了做羊肉，尤其是羊肉火锅，挖空心思做，羊肉味和她本来浓重的体气融合一体：土腥膻辣，天长日久渗进了筋脉、骨头——方杰就在这独特的体息里沉迷。

"我的火锅贱？你儿子淹死在里面都愿意！"

"那我也淹死在里面嘛！"有人高声应。水果女人翻白眼，"你有几斤几两？""不管几斤几两，一锅煮！"……

方杰当然没有淹死在里面，他在里面游泳。"艳照门"后，方杰上门算账，水果女人一副随他处置的姿态："来啊，吃了我都行！"她下厨做羊肉火锅。精选的羊肉切得肥厚均匀，她放了很多调料，每放一样嘴里都响亮报出来，她最后放入的是一根羊鞭，水果女人爆豆一样报出"羊鞭"二字，怒容犹在的方杰歪歪嘴。厨房异香扑鼻，那香气里包含奋不顾身的热烈、夺人心肺的诱惑，方杰不禁吞口水。水果女人拿酒，牛栏山二锅头，那一言难尽的香啊，更丰绵、意味无穷了。她摆好碗筷。方杰终于坐下来，动了一下筷子，这一动，一发不可收。水果女人不停劝酒，古怪带甜味的酒，方杰喝了一杯又一杯，吃了一块又一块肉，如同在球场上痛快地灌进一个又一个的球，到最后，他忘了来找水果女人的目的。酒足饭饱的方杰全身燥热，眼珠红了，身上呼呼起火，他觉得踩在云朵里……同样全身火热的水果女人搂他进卧室。有了第一次，就有第二次、第三次、无数次。只要方杰说"女强盗"，水果女人就兴致陡涨，"吃了我呀——"她眼波荡出蜜来。

"我家少去，老婆是搞化验的，鼻子太灵。我爸白天出摊……"方杰当然选择老鞋匠的床，他们在那里不止做过一次。他笑话水果女人是一只羊，母羊，满身膻味的羊。"你是种羊、种猪！"水果女人反击。

"哼哼，你的钱不就是靠配——配种赚的?"公公愈来愈言辞犀利。

柳卡唇边不由浮起笑。的确，水果女人依赖方杰做了不少水果生意。她是生意人，总要求方杰介绍身边的朋友，尤其是工会、办公室工作的朋友。和这些人混熟后，她的水果生意细水长流，隔三岔五就会有进账。方杰从来不抽其中的油水，水果女人当然乐意为他做羊肉火锅，每次都会使出浑身解数，尝试新调料、新口味，热气腾腾的火锅永远浓香诱人，每次方杰一嗅到，就食欲大增，情绪高昂，酒足饭饱，两人激情高涨。

"我瞎了眼，找骚女人办事！"公公直直地指着水果女人。"老东西，算你有点眼光，那小骚货我不是赶跑了吗？"水果女人又拿来一包瓜子，噗噗吐。"不从我儿子身边走……走开，我天天坐这儿，抽你贱筋！"

"老不死的！你那烂坯啃野草去了！谁还和他在一起？"水果女人像扭弯的钢筋，身子拧过来。撇着沾满瓜子皮、唾沫星的嘴角，那一瞬，极丑陋。原来方杰在找小姐，是对她索然无味了，柳卡很想笑。方杰毕竟有几分书生气，他终于厌烦了水果女人对水果生意、金钱的无休止渴望，他开始找让他省心的小姐、三陪女了，羊肉火锅都留不住他。

羊肉火锅，羊肉火锅，柳卡不由念出声，她的声音里有一种欢快。"人肉羊肉，一样的肉！"有人接上，大肆地笑。如果事情到此为止，就好了。

如果柳卡此时上前，领着公公回家，一切也就结束了。

即使有章成辉。即使方杰躺在医院。

事情不是如此结束的。

柳卡耳朵忽然收到一个让她窒息的消息："那烂坯啃野草不说，把自己女儿都搭进去了！"

"说啥？你说啥？"公公慢慢站起来，手臂、腿又开始抖了，连同他的声音，"我的孙……孙女怎么了？"

"那贱种的女儿，你孙女，是他鬼混的时候掉下水的，你不知道？"

柳卡呆在原地。

她的手上爬了一千只蚂蚁，一千只蚂蚁都迷了路……卉卉，我的亲亲，你为什么不肯回家？你再也不要妈妈了吗？……宝贝，我的宝贝，我看到你了，看到你了，你在天上，就躲在那朵乌云后面……

"出事那天，我儿子还……还和谁——在一起？"公公脸色变白，稀疏的眉毛跳起一种奇怪的舞。"一个贱×！他和一个卖×的在一起！没那个骚货，你孙女现在还在笑呢！"

"你咋知道？"深秋的阳光有气无力地打在塑料天棚上，打在各色水果上，打在人群中倚拐杖的老人的手背上，显出力量，它清晰印出密而大的老人斑，难看的老人斑，还有根根暴突的青筋。"那烂坏欠我一笔生意呢，他竟然当着贱×的面叫我滚！我看见那小鬼了，穿红裙子是吧？她吵着回家，贱×哄她说去钓鱼，钓完鱼回家，小鬼不睬她，朝她吐唾沫，贱×就揪她的耳朵，使劲揪，揪青了，你孙女一路都在哭呢，好惨……活该！"

哭声喇叭样扯起。哭声惊天动地。

是看热闹的女人的孩子，女人塞一支棒棒糖给他，哭声止了。柳卡盯着棒棒糖，卉卉也喜欢吃，"喔喔"糖。"那女的叫——叫啥？住哪儿？"公公嗓子眼像有一口饭，哽着。

水果女人忽然住嘴了，一粒一粒往口里抛瓜子。"闺女，你告诉我吧！我都快进土了，让我死……死也明白，那是我的乖孙女啊，才上幼——儿园！"老鞋匠哽咽了。水果女人把眼睛转向蛇皮袋，仿佛蛇皮袋在开花、引蝶。"你是不是——要钱？""你要多……多少？"公公拄着拐杖，一步步挪到水果女人面前。柳卡跟着，机械地跟着。

水果女人终于正眼瞧老鞋匠了，她拉拉脖颈处的丝巾，撇嘴："哟，我成好人了？一口价，三千！""我没钱了，闺女，我的病一直是儿媳妇在照……照管，我早该死了，一直拖……拖累他们……你就不能积积德——行善？"水果女人别过头。"我总不能找儿媳妇要吧？她再经不起——打击了。我养了个什么孽……孽种哦！闺女，你当一回菩萨吧，当活……活菩萨，我替孙女谢谢你……"公公的声音满是哀求，他的腿站不住了，身子趴在拐杖上。柳卡眼泪滚出来，冰凉。

"两千五，一个子儿都不能少了！"水果女人颊上脂粉像铁板反光。

老鞋匠最后低下头，他和拐杖一起慢慢矮了下来，矮下来，他对着水果女人颤巍巍跪下了，白发在秋风中舞动。他落下的拐杖紧挨着柳卡的脚。

"咋能这样？""过分了，太过分了！""要不得！再不说要折寿的！"……周围声音庞杂，那一刻，梨、橙、橘、柚、香蕉

49

都像在说话。更多人往里挤。

僵持了十来分钟，水果女人终于绷不住了。水果女人开了口："求人就装可怜！以后离姑奶奶远远的，买水果也不要上我这儿来！贱×姓王，听说搬到天苑小区了，三个贱×住一起……"

柳卡出一身冷汗。

虚浮的阳光像个无边无际的笑话，柳卡在阳光下哆嗦了一下。一阵风呼地刮走废纸，柳卡发现自己闻不到水果女人的腥膻味了，她挤在下风头，就在水果女人旁边。满世界的水果香味好像也全消匿了。

8

4月17号，卉卉离开的日子。

那个上午，柳卡本来有空。店铺上正轨了，开始盈利，柳卡不需要每天去。近来，她观察山区来的店员红桃，她总将"欢迎光临"说成"欢迎光停"，"灰"念成"堆"，正值周末，可以教教红桃的普通话了。"妈妈，我们去看桃花好不好？"卉卉站在门口，小手揉着眼睛。"哟，知道春游了！妈妈要去店里，爸爸带你玩，乖！"方杰还躺在床上，背后垫着枕头，若有所思。生活的节奏渐渐稳定了，他好像又恢复老样子了，总心不在焉。

在柳卡的调教下，红桃的普通话很有进步。顾客进来了，红桃热情迎上去，柳卡闲着，去翻货单。就在这时，她接到电话。

那个使春天寂静的电话。

"卉卉、卉卉……"柳卡刚听到四个字,带着颤音的四个字,嘴里的口香糖滑进肚。她没哭。

一直没哭。仿佛一哭,死亡就成为现实。

她不要事实。

柳卡的脸像块青幽幽的钢板,方杰不敢和她说话,谁都不敢轻易和她说话。好像她一开口,就垮坝,就洪涛没顶……她不吃饭,光喝水,四天。她那样冷静,只做一件事,洗手,一遍遍洗,然后发呆。没瘦,但整个人轻飘飘的。方杰接来父亲,从医院接出的。得知卉卉夭折,老人被一口痰呛住,住进医院……公公颤巍巍地拍儿媳的肩膀:"哭吧,你哭!你这样子,卉卉、卉卉会哭啊——"如运动员听到发令枪响,柳卡开始啜泣了,很小的声音,从嗓子眼里艰难分泌、分泌,渐渐,声音愈来愈大,放开了,她号啕着、嘶鸣着、啸喉着、撕心裂肺……

柳卡一直觉得是自己害死了卉卉。

那个上午她有空,卉卉要看桃花,为什么就不陪女儿去呢?卉卉要和母亲待在一起,冥冥中她知道那一天危险,她要牵住母亲的手,……柳卡不停地洗手,洗,手洗得惨白,掉下薄薄皮块,她毫无知觉,我害死了女儿,害死女儿,卉卉,卉卉……

"卉卉走得安静。"方杰说。

柳卡无数次想象方杰描述的场景。那是一口偏僻鱼塘,方杰钓起鱼了,卉卉兴奋得大叫,要用红裙兜鱼……方杰哄她,让她自己钓,钓上来了奖芭比娃娃。三岁多的孩子怎会静坐着呢?但卉卉乖，不吵不闹，老钓客一样，她的饵总是被贪嘴鱼儿咬光，方杰笑了，女儿冒汗了，一头汗，方杰去对面小卖部买水。回来，只见鱼竿，不见人了。"我拿百元钞买水，店主去换零钱，我等了五分钟，五分钟！"方杰说时表情惨痛……他沿鱼塘找了两圈，腿直发软，鱼塘右侧是竹林，一只狗从竹林钻出来，巫师一样看他，难道卉卉进竹林玩了？……终于，淌着冷汗的方杰发现了水面上的红丝带，女儿辫子上的丝带，他扑通一声扑进鱼塘。

卉卉没有了。

柳卡每天兢兢业业上班，下班后去店里，生活像回到从前——被解套的懵懵懂懂的从前。除了睡觉，柳卡不爱待在家里。方杰也一样。方杰的公司面临非常时期：大发展或大倒退，决策层日夜寻找战略发展伙伴，他常常陪着经理、副经理们南下北上考察，一出去十天半月，有时人走几天才打招呼。两人终于成了自由自在的游侠。

童装生意一路看好。柳卡奖勤罚懒，表现好的店员休息天数从每月四天增加到六天，大家工作起来更卖力了，都觉得柳卡是个好老板。

柳卡与章成辉有了亲密关系后，觉得生活中多了一样东西：一块玻璃，有色玻璃。茶色？插在她和这个世界之间。那些狂暴的烈日、风雨，从此与她有了一厘米的距离。

她在一厘米后观望。

有时欣赏。

光光的，滑滑的，可触可感，一厘米。

柳卡前后经营了三年店面，最终心懒了，卖掉。她在生意最红火的时期卖给了章成辉，原价。其时这个地段一直看涨，涨得很快，章成辉主动加一万，柳卡不要，她说："价早说好了，我不喜欢变。"店员红桃被章成辉一并接收，她能准确说"欢迎光临"了。章成辉仍卖童装，增加三个品牌，还花大价钱换上更新奇炫目的霓虹灯，门前多了滑梯、电玩车，店名沿用老的，开张就赚。柳卡此时恍然，章成辉真是个地道的商人，他投资有方，总赚不赔是应该的。

这些已都不重要。

重要的是：一切都被水果女人掀到了另一面。一副一目了然的牌被翻到反面。反面是另一副牌——奇形怪状、锈迹斑斑、寒气森森……

章成辉带来的茶色玻璃被击得粉碎，它是如此不堪一击啊！

柳卡呆立着。

失去了一厘米间距。直面台风。巨浪滔天。

面前是无法绕过的噩梦般的窨井：卉卉是如何落水的？

方杰不会说出来。他只会对柳卡说，很小的时候，他一个人在医院里看着母亲咽下了最后一口气，一个人守着至亲慢慢死去……他不会说出女儿的最后一刻。他在抹掉那一刻。

他在那一刻干什么了？柳卡一直以来忽略了一个问题：为什么方杰想去钓鱼？他不是一个享受宁静的人，而钓鱼是一项如此

53

需要耐心的活动，她从没问过他。

地僻人稀的农家乐鱼塘，多么适合如火如荼的情事！

孩子！孩子怎么就落水了？

公公显得很急，比柳卡急，人在抖，拐杖好像也在抖，他就那样不顾一切抖着，在水果女人的摊前扯心扯肺地咳嗽，咳、咳，咳咳咳咳，咳——咳咳！

"爸，您怎样了？"柳卡忍不住说。公公很慢地看了她一眼，他眼睛很红，眼角有黏稠分泌物，混浊的泪水在里面蠕动、搅和："叫……叫车，去天苑小——区。"

公公没问她怎么也在这里。

柳卡拦了一辆的士，扶公公坐前排，自己坐后面。一路无言。车里流淌着唐磊的《丁香花》，"当花儿枯萎的时候，当画面定格的时候，多么娇嫩的花，却躲不过风吹雨打……"车里像开满了忧伤的花，花丛里有一个巨大气球，里面的人被气球无处不在地挤压。"先回家吧，回家吃药。"这句话在柳卡心里起码盘旋了五次，没吐出来。公公再没咳嗽，四十分钟车程竟那样安静。"直接去天苑小区？"司机问得奇怪。"是！"柳卡盯着他的脑袋答。年轻司机没染头发，后脑勺不平整，小时候没睡平整，他的母亲不称职啊。柳卡盯着他鼓突的后脑勺，蓦地，粗短发丛里冒出黑乎乎的东西，蛇样直击而来。柳卡一惊，双肩后缩，再小心翼翼瞧——没有，什么也没有，眼花了。眼花的柳卡看窗外。一晃而过的街道上，她看见了李嫂。小男孩跟后面，边走边啃着什么，他看见了柳卡，他似乎在喊"柳卡卡"，柳卡朝他笑。李嫂大概是给男人送午饭，目不斜视地走，她要是看见自己，肯定会拍着大腿："我说方伯没事吧！我那死男人说了，你们一家媳贤父慈，羡人！……"柳卡想象着，胃里又一阵翻涌，她捂住嘴，头重重靠回椅背，吃进的水果果然有问题，好像还有点晕车，她阻止了吐的冲动。

终于到天苑小区了。

老鞋匠不要柳卡搀扶，自己下车。

没费多大工夫就打听出三个年轻女孩合租的房子：D座九号四〇一室。章成辉的邻居。

章成辉不在家，他去看儿子了。柳卡仍怀着一种惴惴的紧张的情绪，陪公公上楼。她搀扶的手臂和老人一起抖着，公公呼哧呼哧喘粗气，带痰响的粗气，一步不歇，柳卡觉得那粗气是自己发出的。

早上和柳卡打招呼的女孩在，她满不在乎开门，看见柳卡，粲然一笑。

"4月17日，200×年4月17日，你和方……方杰在一起吗？"公公劈头盖脸问，边问边咳嗽，那痰咳着老吐不出来。"不认识！方杰是谁？"女孩吊着手袋，浓妆，要出门的样子。"哦，我们想打听人。"柳卡的声音轻飘。

公公咽下了未咳出的痰，脸色有些发绿，柳卡没见过的绿。

"就是天——天成公司做事的方杰，我儿子方……方杰。""我们认识的人太多了，"女孩紫蓝的眼睛朝着柳卡，"我们从不打听别人上班的地方，包括真名，你就说他长什么样儿吧，年龄、身高、五官特征……"

"就是昨晚抬出去的那个！"柳卡脱口而出。

"他？老朋友，我们三姐妹都认识……不过，那个时候嘛——那个时候兰姐和他最好，常一起出去玩保龄球、钓鱼什么的，噢，兰姐说昨晚多亏有你，不然要出事儿……"

公公回头看着儿媳："你认……认识她们？"他还没咂摸出"抬出去"的意思，也许没听清。柳卡僵在那里。她不知道怎么吐出了那么一句……站在门口的三个人像三颗螺钉，女孩将钥匙甩得哗啦响，还哧哧笑："我们不认识，不过我认识她的男朋友，住对门嘛。"

四〇二号门突然开了。

章成辉极不真实地冒出来。他肩扛纸箱，和一股茉莉花香皂味儿一起。看见柳卡，章成辉一愣，迅即笑容饱绽，"哎！咋不进——"他注意到柳卡搀着的老人，住嘴，点头。

公公的脸突然抽搐，一边嘴角挤向鼻子，另一边嘴角吐出串串白泡，他的右手无声无息地松开了拐杖，左手仍留在柳卡的小臂上，身子则像湿透的土墙，柳卡没拉住，公公垮塌了，无可挽回地倒在四〇一号门口。

"打120！"章成辉放下箱子，全是水果的箱子，给儿子的水果。

"别慌，你家有药！"柳卡显得镇静。

她去拿药。

还是两只药箱摞着。像上次一样，她打开上面小的，仔细翻找，没有，再打开下面大的，看到了，那个紫色药盒。还剩两颗药丸。柳卡小心取药丸，有股气味，冲鼻，像硫化物，柳卡一阵恶心……她的手不舒服起来了，药味渗入皮肤了——得先洗手，马上洗，柳卡捻着指头，进卫生间。水哗哗地响，哗哗哗，全世界都变成了一个大水池，哗哗哗，承接不可遏止没完没了的喷涌，哗哗哗，哗哗哗……柳卡眼看着两颗药丸被水流带走，落进水池，往出水孔跑，她虚弱地伸手拦，没拦住。褐色药丸眨眼不见了。

水一直哗哗流着，柳卡在洗手。老鞋匠面色由绿变青，由青变红，潮红，最后像被一块红布死死罩住，他混浊的眼睛溢出泪，他一直坚持着，在四〇一号门口坚持。

120来了。

但晚了，老鞋匠没挨过去。临终前，床前站着柳卡。老人定定看她，看着，他已说不出话，什么也没说。他就那样张着嘴，龋齿严重不忍目睹的嘴……戴口罩的护工推遗体，刨红薯样扒老人紧抠床架的手指。柳卡过来了，柳卡亲自处理，她将公公的手指一根根小心拿下，像拿足赤的金条，其中一根发出"叭"的轻响，她愣一下，脑子里顿时樱花漫舞……她依稀记起，太甜的樱

57

花下有个鞋摊，摊主是个瘦高的老头，风吹来，粉红、雪白樱花落他一身。

方杰一直没清醒过来，公公的丧事一切从简。

五天后，柳卡终于接到袁大姐的电话。袁大姐说方杰有意识了，居然报出了她的电话号码，他可以回家慢慢调养了……"你丈夫吗？"袁大姐最后犹疑问。"是的。我没说过？"电话里的袁大姐顿一下，接着说，方杰暂时落下了轻微面瘫，比如说，他笑时，他的脸看起来是牵强的，一边在笑，另一边毫无表情。和你公公情况有些类似。柳卡沉默片刻，忽然问："你前夫姓章吗？"

"姓阮，怎么了？"

"没怎么。只是突然想起。"

放下电话，柳卡扭头看窗外，窗外没有一丝风，五层楼高的香樟不动声色地站着，枝叶像画上去的，悄寂。而四面八方的虫鸣更真实，此刻正一阵赶一阵，如雾升潮涨，渐至气势磅礴，淹没、冲决一切……柳卡点一支烟，吸了半截，又想吐，她伏到水池前，努力半天，却什么也没呕出来。抬头时她一激灵，难道——怀孕了？

如梦令

常记溪亭日暮，
沉醉不知归路。
兴尽晚回舟，
误入藕花深处。
争渡，争渡，
惊起一滩鸥鹭。

——李清照

喻言抛下方理和关于方理的一切，不告而别回了老家。

老家总是欢迎远归的孩子，像欢迎一条归家的黄狗。

那熟悉的荫翳般的温馨从她踏上归途的第一步起，就已夜梦一样萦绕于呼吸之中了。如今，她就站在老家的院子里。任新鲜的空气从口腔进入，于垂下的十根青葱的指尖慢慢溢出来，剥离内容的肆意的呼喊自她胸中逐渐升起，潮涌一样聚集，在她的身体内部四处游走，寻找出口。

行李被已佝偻了背的父亲抢着收拾。喻言看着他，那曾经剽悍的父亲如今头发斑白，行动渐显迟缓。她给他带回一瓶好酒。回家一番激动后，老实如槐树的弟弟早早为她烧好了一锅水，就着四元一大瓶的"蜂花"香波，喻言洗了头发，然后坐在那只比她还老的老木盆里，婴儿一样细细洗掉一身尘土。窗外，鸟雀叽叽喳喳，不停地说话。

出来时，母亲和猫坐在院子里。闲寂的月季边摆着一张闲寂的竹椅，矮院墙上站立一只掉了瓷的景德镇白胎瓷杯，里面漂浮几片黄淡的茉莉花，那是她少女时代喜欢的摆设，母亲一直记着。喻言爱喝茉莉花茶，袅袅热气中，心情舒展，简单放松。母亲抓一把小葱，边掐，边絮絮地跟她说话。远的近的长的短的，母亲讲了许多发生在老家的旧事，让她叹息，好笑，亦有些说不出话来。

从母亲的只言片语里，她知道了李进的近况。

少年李进是个极聪明的男孩，初三和她一个班。李进初二时就参加全国数学竞赛并获了二等奖，初三一开学，他就被数学老师点名当了课代表。喻言认为数学学得好的人一定聪明，因为那解式奇特的几何题和让人晕头转向的方程式经常让她犯糊涂，她一上数学课就想睡觉。但她的语文和外语好得大家都抢着跟她坐同桌。她总是请教坐在前排的李进，李进是乐于解答的，每次都不厌其烦。但李进的英语成绩却不高，总是不及格，男孩子们就是这样，喻言也替他想了不少办法，但凡经验，倾囊相授。如此一来二往，两个人的友谊多多少少在别的同学眼里有了暧昧的色彩，反之，别人的闲言碎语无形中也增加了喻言与李进的某种自认为天人合一、无人能媲的神秘契合。

喻言现在想起来这种不自然，觉得很有些味道，像她离开的那个城市里销售正旺的某个品牌的果汁，40%的浓度，有微微的酸甜味回留于唇齿间，让人遐想。关于李进，是有一两件朦胧的事。

好像是五月的一次晚自习，很晚了，许多寄读生都已回宿舍休息，教室里只剩下十来个人，包括喻言、小玉和李进。他们是走读生，临近中考，教室熄灯晚，他们借用那免费的灯光和拼命的氛围拼命学习。考不上高中，也得考上中专，以顺遂父母汗水凝出的期望和自己朦胧的愿望。他们是农家的孩子，读书不容易，想法单纯，学习刻苦，蜡烛一样追逐光明的前途。窗外似乎下雨了，有雷声，风刮得呼呼响，喻言担心起来，她张望了一下，和她同路的小玉没带伞。喻言眼波迅速流向前排李进，李进还真带了伞。一把长柄旧黑伞，就放在他凳子下。

五月的雨不大，借着手电光，她和小玉走在湿淋淋的校外小路上，有潮湿的泥土味夹杂着五月田野里熟透的豆香扑鼻而来，合唱般的蛙声一阵接一阵，路两旁几家窗户里灯光昏黄，还有犬吠声，这情景喻言不管离家多远都会记得。她们走十分钟就可以到家。不一会儿，身后有嗒嗒嗒的脚步声传来，喻言回望了一下，好像是李进。"你在看李进吧？"小玉笑她。"别乱说！"她心跳有些加快。后面的脚步声也快，果然是李进。早不走，晚不走，偏偏这个时候赶出来想和她们一起走。喻言拉了一下小玉："我们快点走，太晚了。"李进终于追上来，"给！"他将手中的伞递给喻言。

喻言脸红了，迟疑着不接。小玉故意走到另一边，还背对他们，喻言更尴尬了。蛙声叫得让人喘不过气。她猛然抬头看李进，李进眼光如炬，也在定定地看着她，什么东西在烧……俩人的心跳如擂鼓，几乎可闻。那把长柄旧黑伞刹那间化腐朽为神奇，成了一件让人难以决断的东西，仿佛它是电影里的某种信物。喻言终于接了过来。拿伞时，指尖无意中碰到李进的手，俩人条件反射似的收回，有火灼感。沉默了一会儿，李进转身一个人走了。喻言这才意识到五月的雨清凉如雾，漫进了心底。

这是喻言和李进唯一的一次肌肤相亲。后来的发展是，喻言考上了重点高中，李进中考成绩不如意上了普高，除了同学之间的偶尔走动，两人也没什么特别的来往。似乎一些正在生长的东西忘了施肥，给憋了回去。高二时不知什么原因，李进辍学了，喻言当时替他惋惜不已。再后来喻言上了大学，两人就更没什么往来了。似乎是两年前的最后一次回老家，喻言听说他结婚了，但似乎一直不满意，传出的话是他好像一直在想着某个人，终于拗不过父母，才答应了婚事。再后来，就是他在村里搞农副产品加工，四处建立销售网点的消息。他利用那学数学的聪明脑子，赚了不少钱，成为农村广大天地里先进有为的好青年。

让喻言感到不舒服的是母亲刚才告诉她的话：

"……那个李进，别看人家没念大学，很会治家，去年刚生了儿子，家里楼房盖了三层，加工厂一天到晚地转，村里谁不羡慕？但是，不知造了什么孽，年前媳妇得了什么……什么血病，住了一个星期的医院，死了……"喻言心里一沉，脑海里翻腾出一双很久很久以前曾吸引过她的黑亮黑亮的大眼睛，有异样的光芒一闪一闪。

一些值得怀念的东西，在岁月的流水里鹅卵石一样被打磨，是不是许多东西要在掉光所有的色彩之后才能真实地剥离出它们本来就有的悲剧的底蕴？喻言忽然觉得内心一阵荒凉，野草一样蔓延，压迫那些精心保存的华丽的想法。

也许每个男子全都有过这样的两个女人，至少两个。娶了红玫瑰，久而久之，红的变了墙上的一抹蚊子血，白的还是"床前明月光"；娶了白玫瑰，白的便是衣服上沾着的一颗饭粒，红的却是心口上一颗朱砂痣。

这是张爱玲的一段文字。

喻言第一次读到它时，是被那个美丽的比喻所吸引。"心口上一颗朱砂痣"，是怎样的一颗痣呢？一种怎样的缅怀呢？红的浪漫，白的静雅，两种同样出色的气质散发出同样迷人的风采，喻言想象着自己拥有其中的一种，在灯下热烈地舞着，在水畔耳语阵阵清风。

不幸，她遇上了方理。

方理根本不理会这些。

他像这个年代所有的普通的糙男人，看 A 片，讲黄色笑话，买体育周刊边看边骂，还发情似的逢月底纠集一班人马到歌厅卡拉 OK 至深夜，偶尔，他还趁夜色在昏黄的灯光下用假币到小店铺去买烟，并结交一些和他一样爱好的朋友；兴致来了，叫上其中的几个，在"川妹子"饭馆开一桌四川麻辣火锅，酒桌上热烘烘地对最近猖狂的台独分子鄙夷至极，唾沫相加。圈子里说话，他喜欢"众人皆听他独讲"，有不服的，搞急了不管是多好的朋友，立马翻脸。不过，他的朋友倒好像是越来越多。似乎这个社会像他这样的人越来越多。有一次喻言和他一起上街，巴士上，一乡下来的缩着脖子的半小子不小心将一贵妇状女士怀里的小狗挤撞下来，贵妇开口厉骂："瞎了你！撞坏了你赔得起吗？正宗苏格兰牧羊犬和京哈的杂交，你爷爷都没见过……"那小子讪讪地不敢还嘴。

喻言看得生气，方理突然嘟囔一句："恁宝贵，是她生的吧！"车上人大笑，喻言笑声最大。

她爱死了方理。

她是在录像室里认识他的。那时他给她的印象不是这样。

那会儿齐飞飞和刘思恋得像燎原的野火。飞飞是喻言参加工作后结交的第一个密友，高她两届，也是某财经学院毕业的，早混油了。刘思则是飞飞公司的头儿，身材威猛高大，戴一副黑框老式眼镜，一笑露俩虎牙，精明中不脱憨厚，是典型的东北汉。喻言一直奇怪他那副狗屁眼镜。也不知是谁勾搭的谁，他和高挑白皙脸庞俏丽的齐飞飞倒是挺般配。也是飞飞激的，小电影都没看过？老叶玉卿？邱淑贞？都不知道？也太那个了，你是不是现代的人哪，能对付男人吗……喻言确实没见识过，那玩意儿，太下流了。但，是怎么样的一个下流呢？

读书时只知埋头读书，哪有心思想这歪的。上大学时知道有许多人神神秘秘地看过，甚至有走读生趁父母不在家带大帮男生逃课回家租黄带，一连看两天两夜，出来时个个脸发青，不长胡子的冒出了粗粗的胡子。包括那个狐假虎威每学期享受系困难补助的团支书。这事学校做处分时虽然没有白纸黑字地公开，但像风一样传得飞快。据说同寝室的某某架不住男友的诱惑，一起去看，当场吓哭了。一段透明糖纸似的恋情以可笑的理由告吹。

喻言听到这个资料时，第一反应就是：换成自己，会不会也被吓哭呢？真是可笑。她白纸似的脑子实在想不出那上面有什么东西让人恐惧。如今经飞飞一激，一股火"腾"地升上来，吸引男人就凭这？低俗。

她本来就有些瞧不起飞飞那城里人的骨子里的俗，但这俗，也青蛇一样愈来愈缠住她那渐渐生长出来的某些燃烧的部分。

那个叫"蜜园"的投影厅生意并不很好。票价倒有点高。

晚上十点四十五，放映时间到了，后面几排情侣座上依偎了几对面目不清的男女。前面几排几乎没坐人。喻言坐在第三排有些奇怪，靠那么后看得清楚吗？

飞飞和刘思也坐在最后。

喻言不吭声，一个人坐在前面。小厅放映环境还是不错的，铺着红绒布椅套的单座、双座软沙发，每张椅子背后都钉有一个放果皮杂物的小袋，像长途豪华客车的摆设，这倒不多见。柜式空调立在银幕旁边。镶蓝瓷砖的地面光洁，都是圆与圆勾连的几何图案。侧壁几台电风扇一丝不苟蒙着深蓝布套，让人感觉干净。服务生给每位观众发了一碟奶油瓜子。

放映开始了。后面嚓嚓说话声立刻消失。

萨克斯的音乐。女人的扣子一粒粒解除，垂涎欲滴的男人慢慢玩弄着银幕上兀立的女人的乳房，呻吟的喘息声充斥着黑漆漆的小厅，仿佛空气中都有一种动荡的因素，从银幕上不断地转移到观众身上。一张毛茸茸的嘴吻吸着女人的脚尖，然后慢慢上移，上移，顺着腿，小腿，大腿……

春夜猫叫般的声音一阵紧过一阵，像是在催命。

喻言脸涨得通红，紧张得透不过气，几乎夺门而出。幸好这一排只坐了她一个人，否则真是窘得要钻地洞。她突然理解了为什么那位同寝室的女孩看到这种场面会尖叫哭出声，那是一种单纯骤然被色情奸污的强反应。

雪花纷纷扬扬。有一种冰冷入骨的享受。

喻言感到了身上的燥热，脑子里忽然出现了模糊的雪花。感觉迷迷糊糊。就在她坐立难安时，方理走了进来。

他是"蜜园"的老板。

喻言后来才知道，方理与刘思是大学同学，一个战壕出来的室友。怪不得飞飞对这家"蜜园"熟悉得像自己的家，想必常来这儿看片子。方理进来时灭了烟，一屁股坐在喻言的旁边，顺便看了她一眼，眼神奇怪。本来嘛，这种调剂片，据方理后来讲，从来是一男一女一起来看的，不是性伙伴也应是性伴侣，一个人看，特别是一个年轻的女子来看，肯定不同寻常。这是方理的理论。喻言后来也认可。

方理入座时，银幕上的男人和女人像两块牛皮糖胶着在一起，四条腿变换着各种复杂的方式，女人的汗滴在肌肤的震颤下发亮，巨大而急速的喘息声不绝于耳……

喻言从未深度接触过男人，甚至不曾有过一次成功的恋爱。她怀着神秘的好奇心在极度的羞耻下，像被施了法术的来自远古的少女，坐在魔法的椅子上，一动不能动，被动地接受前所未有的完全超出想象范围的感觉宰割。

她的左手一直紧紧地抠着沙发的靠背，脊背石头一样僵直，右手攒出了汗……

一只男人的手端了果汁，温静地伸过来。

喻言一惊。回头撞见一双黑亮亮的水波样眼睛，安慰般地注视着她。

有那么一丝似曾相识的感觉。

她接过来，一口气喝下去。忽然想起刚刚坐到旁边的是一个年轻男人，不禁更觉羞惭万分。后面的镜头越来越不堪入目。喻言稳住心神，面红耳赤地起身离去。

外面夜风习习。

浑身的燥热去了一半，人清醒了不少。迷迷瞪瞪的脑子逐渐恢复，她靠在厅外走廊的栏杆上，想着飞飞和刘思怎么还没出来，靠那么近，又坐那么后……正乱七八糟地想着的时候，那个给她端果汁的男人出来了，笔直地向她走过来。

喻言抚了一下垂到耳际的发，有点儿不好意思。

"吓着了吧？"

"没……还被这玩意儿吓着了？！"

"那么是第一次看吧，我眼睛毒，撒不撒谎一眼就认出来。"

"是第一次。"

她局促地站在那里。应该快散场了。喻言取出呼机看了一下时间，零点十分，她想快点离开这个男人。

"谢谢你的果汁。嗯，后会有期。"

喻言快步走向"蜜园"的出口处。她在盘算着如何对付飞飞，是她强拽着她来的，说要给她洗脑，让她长见识。可恶！

喻言强烈地预感到与方理的再次相遇。

为什么要对他说"后会有期"呢？天！

也许就是因那一杯果汁，也许是递过来的深深的眼光，方理让喻言起了好感。但同时也让她莫名地担心……她觉得，好像是自己暴露在一个陌生的男人前面，这让她愤怒，那种缺少对象不知所指的愤怒，很窝心。她更为自己的预感不知所措。

和方理再次相遇是在"小蓝夜"。

一家空气很好的舞厅。口红浓丽的小姐穿来穿去，仿佛在寻找着什么，她们都很漂亮，即使在白天脸上长着疣子并不好看，但在夜晚她们漂亮。喻言混迹其中并不出色。她本来就是一个外表普通的女孩，从她从不打理的平平眉形就看得出来。台位上的烛火有着人为的浪漫，一闪一闪，如清晨五点不肯回家的星星。喻言坐到一角，笑着拒绝了同伴的邀请，她想坐下来休息。

"你是喻言吧？"

喻言抬头，看见上次为她端果汁的男人彬彬有礼地站在面前。

"你怎么知道我的名字？"

"我和刘思是老同学。男人要打听一个女人是很容易的。"

方理坐下来，要了一杯啤酒。烛光下，喻言注意到他的白衬衣上打着一条很好看的领带，一枝梅开得极清雅，是个精致的男人。就连喝酒的时候都很注意，嘴角不带一点泡沫，抿唇时很用力。洁净的方下巴有着那种极有主见的男人的味道，但略微的上翘破坏了美感，好像是一种自以为看破红尘的游移和戏谑。中四响起来的时候，方理很有礼貌地向她伸出手。

喻言站起来，将手贴入他掌心，滑进舞池。

像一次平地而起的温柔的风暴，七彩的球形灯在头上打出鬼魅样的光。周围的人山魈一样从眼前一幕幕闪过。

他的身上有一股淡淡的汗味，还有槐花香似的香皂味。喻言用的也是这个牌子，她在老家的时候就吃过槐花中的蕊，一直喜欢这个味儿。她略有些矜持，刻意保持一种小小的距离。方理放在她腰肢上的手轻柔中带有紧搂的力。两人相拥着，有微微的醉意在空气中荡漾。喻言舞步生硬，她已很久没有跳舞了，方理很会带，不是正式的国标但收放自如，花步穿插漂亮，调动了喻言的积极性，她一曲一曲地跟着他旋转、飘飞，她想方理肯定经常到这种场所来跳舞。他们跳得很和谐，好像他们经常这样在一起跳。喻言很开心，一直在笑，脸上光彩熠熠。离开学校数年，她一直在努力地融入这个社会，但好像从来没有找到过感觉，朋友也少，可以坐在一起慢慢喝咖啡的，除了齐飞飞，再找不出齐飞飞第二。她一直不服气，始终弄不明白自己比别人少了什么，还是多了什么，为什么就不能自在，不能在城市的天空下大口地呼吸，做一只快乐的哪怕是最小的小虫子。现在，她不想要什么理想了，那些天真的好梦被这个社会上每天所发生的事各个击破，就让它们沉入太平洋吧，她现在只想抓住一个男人，一个一直以来她想要的男人。就连齐飞飞都有刘思这样的男友。

但方理，究竟是个什么样的人呢？

周六。

喻言习惯地蜷在沙发上看书。

"嘭，嘭，嘭"有人敲门。

说好了今天给水电费的，这么早房东老婆就来了。喻言懒洋洋地往睡衣上披一件外套，趿着拖鞋去开门，却惊异地发现方理和刘思、齐飞飞站在一起。像幅莫名其妙的年画。

"请进，请进。"

丢下手中的书，她一步跨过去将摊在沙发上的内衣、外衣一股脑儿抱起，甩入衣橱。喻言一人租住着一居室，除了飞飞，平日来访的客人极少，她的东西随手摆放，乱七八糟，譬如每月要用的卫生巾现在就散乱地丢在一本打开的杂志上。收拾停当，热水器里的水跳开了，喻言找出几只方便杯，方理已翻出一盒茶叶站在一边。她脸红了。

刚要倒水，齐飞飞叫了起来：

"喻言，不用忙乎了，我和刘思下午有节目。本来没准备来，是方理求着来的，任务完成了，Bye！"

临走，喻言看见齐飞飞直向她眨眼睛，而刘思则怪怪地看了一下方理。

屋子静了下来。

喻言冲了一杯茉莉花茶，按自己的口味，放一块方糖，搁在方理面前的茶几上。

"找我，有事吗？"

"这是你的相册？蛮可爱的。"方理答非所问，一页页翻着那本放在茶几上的相集。

"很久以前照的，挺傻。"出于礼貌，喻言坐在方理旁边，那是一只坐卧两用的旧沙发，主人嫌它难看，便留给喻言用。

"这张，还有这张，是你上大学时候的吧，是挺傻的……有高个儿男生不靠，靠在矮个儿男生肩膀上，还挨那么紧。"

喻言笑了一下，不作声。

很快，方理的手翻到了喻言最近拍的那套生活照上。那是很有趣的一套照片，从早晨到夜晚，整整十二张，一个人一天中的流程，包括起床时伸懒腰，拿着一柄长锅铲煎蛋，滚滚人流中挤公交车，坐在电脑前傻乎乎输数据，口是心非诚惶诚恐挨批，张牙舞爪和同事小昭吵架……张张神态鲜明，值得观摩。

"不是十二生肖吧？"方理翘着他那闪闪发亮的下巴。

"狗嘴吐不出象牙！"

"你的嘴里吐得出？"

喻言生气了。

劈手夺过相册，由于用力过猛，外套里粉色睡衣的腰带一下子松滑下来。

灯光幽暗。喻言不适应在明亮的灯光下做爱。

衣服凌乱地扔着。一条月白色内裤翻转成一团，罩在台灯旁诺基亚手机上。紫红色呼机忘了关，信号一闪一闪，在桌上"嘀，嘀"不停地振动。

两人不闻不顾地癫狂。

换了几个姿势，都没到高潮，喻言觉得有点疼，便停下来。两个人相拥着靠在一个枕头上休息。

"方理，你最近好像不行了。"

"什么不行，是你太张狂了吧。女孩子，那种片子不要看多了，中毒。"方理一边抽着烟，一边用左手轻轻抚弄着她温软的小乳头。

"那你怎么不中毒?"

"我？我已经百炼成钢。"

喻言的乳头在他的掌心慢慢挺立，像两颗饱胀的小葡萄。她一下子骑到方理的身上。

"我说你中毒了吧。"

方理甩掉手中的烟，掀翻被子，猛地捉住两条白晃晃柳枝般缭绕的腿，分开，造访。

……

……

宽宽的旧木板床吱扭吱扭一阵乱叫。

潮水般的快感一阵阵淹没喻言。

她好像遨游在深海。有奇异而光滑的鱼儿贴着她，突然不动声色离她而去，温凉的海水洗刷着每一寸肌肤，海蜇的伞飘飘荡

73

荡大小各异，红珊瑚的触角静悄悄地开合，有萤火虫似的光芒在一闪一闪。

她极力地让自己坠入这种梦幻般的感觉。

紧紧搂住方理圆实的肩部，像颠伏在梦想上一样。她想象着自己是某个青楼女子，如李师师，如金瓶梅，正以最无耻的方式将自己全部打开，将一切奉献出来，奉献给癫狂在她身上的心爱的男人，同时把这男人一口口地吞进肚里。

她要铺天盖地、前所未有的暴烈的爱。

她要爱人给她的性爱。那是其他所有的爱，都无法比拟的。她需要撕裂般的深入。她希望他是哥伦布，是命运楔入她身体缝隙的钻石。

回想起自己的第一次，喻言有些好笑。那天睡衣腰带突然掉下来，慌得她紧裹外衣，捂住胸部，冷不防方理一下子扑上来，将她按倒在沙发上。尚未等她反应过来，两只魔鬼般的手已极熟练地解开了她的胸衣，她张开嘴刚要喊，两片灼热的唇堵了上来，紧接着喻言那一对从未示人的乳就已被他牢牢掌握在手中。

她浑身乱颤，肌肤缩紧，简直要昏了。待稍稍清醒过来，方理的手已滑向她的下部。

她凶狠地咬了他一口，跟着扇了对方一记耳光。

方理终于停下来，无辜似的，看着她。

她没有像电视上演的那样假模假样地哭，而是咬着唇，瞪圆了一双受惊的眼睛，胸口剧烈起伏紧盯着眼前这个触犯她自尊的男人。他不该是这样的，他给她的印象温文，懂得尊重女人的内心，骄傲得如一瓶来自地中海的红葡萄酒，怎么会，怎么会……但是，但是他刚才的十指有一股浸透了渴望的魔力，抚醒了她身体的某些部位，让她内心一些隐秘的东西花蕾样隐隐约约，开始绽放。

这使她震颤、恐惧，还夹杂一种私秘的欣喜的不安。她看着他，看着眼前这个对她有企图的男人。目光挑战目光。她记得当时方理抚着那该死的下巴吹了一声口哨，这个细节像《大决战》里林彪在决战气氛中不忘吃蚕豆一样，让她印象深刻。

他再次扑上来的时候表情刚毅。一张碍事的雕花小木椅"哐"一声被踢进厨房。

房东太太敲门时，一滴处女的血软软地开在喻言不久前新买的细棉布沙发套上。

她失身了。就这样毫无色彩地完成了一个女孩到女人的转变。那些抽象的朦胧的臆测和预想，星光般撒落到另一些怀春少女的身上。

让她好笑的是，方理的右脖颈至今还留有一排浅浅的牙印，整整齐齐，五个。

喻言骤然开朗了许多。发饰常变，口红换成了"美宝莲"七号，偶尔涂上大胆的黑紫，吓大家一跳，脸上笑容亲切，和坐对面的同事小昭的摩擦也少了。

看见小昭，你就会知道街面上正在流行什么。她是这个城市以流水线作业的一具缺乏内在底蕴的时尚风标。小昭一向不怎么把喻言放在眼里，她是新达广告公司行政助理兼出纳兼文秘，也就是打杂的。小昭打杂的范围很广，跑银行取钱，交水电费，办公室卫生，打字复印，接待工商税务兼要账的特殊人员，签完合同陪老板一起到"帝苑"夜总会狂欢庆功，等等，都是她的职责范围。老板莫明天有事没事就会喊"小昭，小昭"，喻言有时觉得他在喊：小召，小召！她也瞧不上小昭。

许多人她都瞧不上。但她不愿意得罪任何人。她不想站在生活的对立面，当一个所谓命运的斗士，箭猪一样见谁灭谁。她只想拥有一份自己的生活，像多年未住人的老房子里的蜘蛛，精心编织属于自己的天空，等待命运赐予的该她所得的猎物。她不觉得这种等待的消极。她从小就知道等待，等待命运要她出击的机会，在浅薄与矫情同时泛滥的赛场上当一匹真正让人激动的黑马。她兢兢业业地工作，很认真。她的表现和别人不一样，老板莫明天有时都弄不明白，但暗喜有这种为公司卖命的员工，对她也不错。喻言的工资不高不低，以她的生活水准，只要按时发薪就过得去。她不贪心。不像小昭，总是喧哗着钱不够用，平均每月花在美容服装上的就去了工资的大半，当然不够用。

小昭和喻言对面办公。如同猫和狗挨得太近，俩人时不时发生冲突，但一般也仅限于言语上的讥讽。喻言开始恋爱了，心情很好，没心思和任何人计较。月末紧张扎账，喻言一边按计算器

一边好心情地哼着 *My Heart Will Go On*（《我心依旧》），Every night in my dreams I see you（每一个寂静夜晚的梦里），I feel you（我都能看见你，触摸你）……最近她经常这样小声哼哼，《泰坦尼克号》中的海风吹拂着她温柔跳动的心，那些令人头昏脑涨的数字仿佛变成了海面上一朵朵跳跃的浪花，她的眼睛不停地睃巡其中，嘴角总含一丝抑制不住的笑意。

对面精心往指甲上涂无色护理液的小昭，时不时叉开她的五指山，举到眼前，似乎在观察效果，眼角的余光却不停地扫着喻言的一举一动。

发掘别人的隐私似乎能让这种人莫名兴奋。喻言奇怪小昭们花那么多的精力研究别人，自己却得不到一丝一毫心灵的关照，长满一身无知的稗草，还自以为是花店里热卖的满天星，摇摆着，在与大自然隔绝的温室里沾沾自喜。她无法接受这样的生活态度，无法接受充斥于城市里的这种四溢的低俗的无聊和浅薄。喻言自己也没有哲学家的深沉，也许正因如此，她不知道如何与现实讲和，所以她经常碰壁。所以她选择了爱纸上的世界，爱上方理。

她读一些远离现实的书，尤其喜欢诗歌、美文和迷人的卡通。上小学的时候，她就被《尼尔斯骑鹅旅行记》深深地吸引过，幻想着和尼尔斯一起骑在天鹅的背上，躲过地面上每一次丑陋的袭击。方理，就是一只野天鹅，极骄傲地穿行于现实的空中，颠簸她长久以来深藏于内心的种种非物质的渴望。

喻言在遇到方理之前，谈过几个男朋友，都失败了。有了失败经历的她珍惜方理。

方理喜欢吃面条，喻言经常为他煮。两个鸡蛋、几片番茄，加蒜蓉、葱花、酱，起锅后淋香油，方理可以吃个底朝天，他很容易满足。喻言很惊奇。她对吃还是比较挑剔的，顿顿不能少新鲜的青菜和汤，否则下不了饭。两个人做饭，一人一星期轮流转，AA 制精神引入了劳务。但轮到方理，他们常常发生争吵，喻言嫌菜不合口没买好，方理说有本事自己弄。往往喻言最后投降了。有次喻言正在厨房煎一条鳊鱼，通风不畅的室内油烟滚滚，她赶紧关上厨房的门，以免客厅遭殃。刚关上，方理兴冲冲拿着一张报纸破门而入：

"喻言，假如现在逛超市，肉食、蔬菜、饮料，你选购哪一样？"

"蔬菜。"

她毫不犹豫地回答。

方理露出了神秘的微笑。喻言回头一看，见报纸上写着：这种测试可分析出人们外遇的指数有多高，肉食表示性饥饿很危险，饮料则说明对爱情的期望值较高求之若渴，而蔬菜代表清心寡欲表示我很知足。喻言拿起锅铲在他头上敲了一记：

"你肯定是买肉食。"

方理喜欢吃肉，有肉的时候饭量大长。喻言知道这是他小时候很少能吃到肉所致，所以长大了还在不停地弥补。

但他满足吗？对已有的生活。

有时，他们也在方理寓居的"蜜园"做饭、睡觉。

飞飞和刘思常来。碰上兴致好，菜盛，方理就出去买酒。三五杯下肚，刘思会卷起大舌头，推推他那黑边框眼镜邀功：要不是我，你方理会那么顺利搞定喻言？然后在方理不怀好意的劝邀下又是一通猛灌，喝至最后，两人往往分不清谁是喻言，谁是飞飞，像一堆狗屎，臭在那里。接下来飞飞就会和喻言一起，将二人死沉沉的身子搬到方理的床上，收拾残局。

偶尔没事的时候，喻言会有一些没头没脑的想法，方理指天誓日告诉她，和以前的女友都断了，是真的吗？他会不会脚踩两只船，甚至三只船呢？会不会出去泡小姐？青轩饭店和光明影院隔一条街，那里的鸡是很漂亮上档次的，如倩女幽魂，裙带飘飘，每次到光明影院看大片，经过那里，方理都会眼睛发亮，昂着他那微翘的下巴左右环顾，一副够潇洒够酷的派头。喻言相信，有合适的机会他是会流连忘返的。男人都这样，性和爱分开，不像女人血肉般将两个不同类的东西融合在一起，结果总是被命运的刀片轻易划伤，连那道鲜艳的伤口都深深地藏入灵魂之袖，不愿被人知晓。

刘思就不一样。

刘思是个保守的重情的男人。这种男人已如凤毛麟角，飞飞能碰上是她的运气。刘思像一只澳大利亚的袋鼠，不管走到哪里，肚里都装着小袋鼠般的责任和义务。反映在飞飞的身上，就是对她的忠贞和体贴柔情的爱护。有时让喻言嫉妒。飞飞曾得意地对她讲过，有次刘思出差到深圳，晚上住在某酒店，十点半钟，一位模样清纯气质极佳的女孩来敲门，说是他的一位生意上的朋友介绍来的，找他谈点事。女孩自顾自地进来，见里面没有其他人，便直接脱下外衣，露出里面几乎一丝不挂的胴体，娇笑着问他，这个生意好不好谈。刘思的初恋情人就是个很清秀的女孩，飞飞见过她的照片并死死地记住了她，清纯和风骚一样吸引男人，所以飞飞肯定刘思当时绝对动了心，孤男夜遇上门鸡，那是什么场面？飞飞的脸上有一种和小昭一样的鄙夷的神色，她接着讲，那只鸡最后都躺在了床上，刘思心里念着她，硬是没上……

"那你怎么知道他没上呢？"

"刘思告诉我的，他从来不骗我。他回来时还给我买了一只镯子，他说那鸡身上最漂亮的就是一只鸡血石的玉镯。"

飞飞自豪地回答。她的手腕上真的套了一只血丝氤氲的玉镯，像老人咳嗽的血。喻言想，换上方理，也就上了。方理是从不拒绝肉食的，他崇尚性灵自由。

生命何其短暂，要在短暂的生命里，获得无穷的生命乐趣。性，是其中的一条捷径。

方理给喻言灌输的是一套提炼于现实而又惊醒于现实的理论。野天鹅的理论。

但她是一只丹顶鹤。

他们共同的爱好是御风而行，把世俗的一切抛诸脑后，将点滴生命之喜秘密收集，如收藏家藏画。他们充分想象和充实男人与女人的世界。

飞飞说他们像一对初恋的小情侣，刘思则说他们是一对神仙夫妻。

周日，方理经常将"蜜园"交给小潘打理。节假日的生意是比较好的，小潘是一个脑瓜儿灵活、从方理家乡大别山区来的女孩，手脚干净、勤快，喻言也喜欢。天气好的下午，两人各骑一辆自行车，沿着城区滨江大道慢慢行驶。路很阔，江风徐徐，间距均匀的绿化树，绿叶婆娑、荫翳满地，偶有鸟声啾啾，着黄背心的环卫工人仔细地将路面拾掇得极干净。喻言对这个城市最有感情的就是这一条路，像老家那一溜阳光斑斓的屋檐，能让红尘中浮躁的心安静下来。他们不说话。方理这时也很安静。这种休闲方式最先是由喻言提出来的，上大学时她就常常借男同学的自行车，一个人到处飞飙，当时班上最丑的女孩子都有人追。喻言没碰上可心的，也觉得没意思，那些如胶似漆的学姐学兄一毕业还不是孔雀东南飞，能成的金童玉女极少。所以她宁愿骑着自行车四处兜风，自由自在，聆听大自然对处女的召唤。那时她的心像水晶。现在她希望是《泰坦尼克号》中那颗蓝色的海洋之心。

影碟看得头昏，方理也愿意这种运动的休闲方式，可以吹散一口闷气。他们在很多方面是很合拍的。喻言认为他的影厅生意不佳与这也有关，缺乏练达的社会精神，与普通大众心理结构契合不上，别人热播《古惑仔》大赚其钱，他放刚获奥斯卡奖的《美丽人生》，门可罗雀。

她爱方理，像爱一颗熟悉的种子。

方理出生在有着革命传统的大别山区。他的家境比平原乡村长大的喻言家境艰难得多。每次提起，喻言陪着他好一阵沉默。他的有天赋的妹妹为了他，牺牲了一个山区女孩最有前途的梦，初中未念完就辍学在家，牛马一样出力。他想弥补。毕业后工作一直不如意，国企的工资只够他一个月的烟酒伙食开销，后来他干脆辞了那瘟鸡似的工作，找朋友借钱开了这家"蜜园"。开始两年，他还赚了几个钱，经常寄钱回家，每次都嘱咐妹妹有什么困难尽可来信讲。其实他的妹妹已嫁给一个山里汉子，生了一双儿女，过着一个山区妇女最普通的生活。现在生意不好做了，家庭影院普及，光明电影院仅靠每年电影公司引进的几部大片大张旗鼓地捞回票房，他的"蜜园"在这座城市中略有盈余已算上乘。方理寄钱回老家的次数也少了。他觉得欠妹妹一个前途。午夜醒来经常看着窗外银盘似的月，月色里他的头颅像个不眠的哲人。

喻言很熟悉这种具有浓厚乡土气息的手足情感。它不像城里人，仅仅出自人性的本能的触动，但事实上对真情总抱着怀疑的冷淡和自圆其说的不以为然以及快速遗忘。

城里人的面具太深。喻言不擅揭开面具看人，更不喜欢那隐藏真实、消亡情感的面具。也许她的几次短暂的失败的恋情，就是为了等待方理，等待一次与命运女神擦肩而过的机会，像一滴自地面蒸发而起的雨水，一直梦想着邂逅一粒与它有着同样气息的不同凡响的种子。

只是这粒种子，喻言不知道，它长出的果实是不是她想要的坚果。

飞飞和刘思好像出了问题。

其实一直以来，喻言就觉得齐飞飞配不上刘思。飞飞是个很市井的女人，也就是说，她有城里人从小就养成的机敏、世故、练达，甚至多疑。她之所以愿意和喻言交朋友，是因为喻言的身上有她缺少的而她一直想拥有的东西，那就是坚韧、透明的内涵。喻言的朴拙往往反衬出同性的轻俏，比如喻言和飞飞站在一起，男人的眼睛首先看飞飞。以一个有内涵的女子反衬自己对异性的吸引力，齐飞飞当然愿意和她在一起，更何况她是一个那么容易接近的人，简直是一根长在路边的狗尾巴草。但交往这么长时间，她们还是有一份深如姐妹的感情。飞飞的性格有城里人易冲动的浮躁，这其实包含着一种孩子样的天真，而刘思是个经过历练的人，他会瞧不起齐飞飞身上那股自作聪明的天真的市井气。喻言有事需要帮忙，齐飞飞从不推托，包括那次和小昭的吵架，她就差点冲上去抓破她的脸。飞飞在她面前藏不住话，有事就会对她讲，又爱哭，受了委屈在她面前哭得像个孩子似的稀里哗啦。自从和刘思在一起，她倒是在喻言面前哭的次数少了。

那次飞飞红着眼睛来找她，喻言还逗：

"怎么了？小两口吵架，找法官？清官难断家务事，我可是不徇私的。"喻言等了一会儿，飞飞没反应。再看看她，一副失神落魄的样子，发呆。

"飞飞，到底怎么了？"

飞飞两眼蓄满了泪水，终于"哇"的一声，哭了起来。

"我怀孕了，刘思让我把孩子打了……"

"你们上回不是说准备在元旦结婚吗？那就提前结。"

"他不同意，他说这不是他计划内的事，还说我挺着肚子，会影响工作，呜呜呜……"

喻言决定找刘思谈谈。

"刘思，你和飞飞怎么回事？"喻言直接问刘思。

"你都知道了？"

刘思坐在椅子上显得有些躁，他三口两口就喝完了一大杯冰茶，对楼下穿梭的服务生喊：21号台再来一杯冰茶！

喻言挑了一家名叫风亭的茶楼，为飞飞讨公道。

她认为刘思也许有什么苦衷，否则他不会这么不负责任，轻易判定一个还未来到人世的小生命的死刑。

"你就这么尊重你的计划，牺牲自己的骨血？"

"喻言……"

刘思欲言又止。他摘下那副黑边框眼镜，用桌上的餐巾纸仔细地擦了擦，接着又戴上。

"喻言你想听真话，还是假话?"

"当然是真话。我约你谈，就是要替飞飞和她肚里的孩子听你的真话。"

刘思苦笑了一下，忽然扬起头问:

"你上大学时谈过恋爱没有?"

喻言一愣，摇摇头。

"那倒少见。"

他给她讲了一个故事。

大一刚开学不久，班上一个女孩子就喜欢上他了。那时他刚从高中初恋的幻灭中恢复过来，他不想再轻易碰触情感。女孩叫颖，聪明、多愁善感，成绩也很好，大学四年，着了魔一样，不屈不挠、始终如一地对他好。但他从一开始就不接受她，接着厌烦，然后是反感，苍蝇一样的反感。颖很伤心，大学四年一直过得不快乐。她的大学生活是忧郁的，她之所以没有绝望，是因为刘思一直没有交女友。她甚至在夜半独自爬到女生宿舍七层楼顶上喝得酩酊大醉，喊着刘思的名字狂歌乱舞，就差没掉下来摔死。这都没打动刘思的心。连反对学生谈恋爱的系主任都说他铁石心肠，不可理喻。这样一直纠缠到各自走上工作岗位。两年前，刘思骗她说他要结婚了，让她从此死了这份心，各人安心找各人的幸福吧，她才断了联络。

"这跟你和飞飞有什么关系吗？"

"一个星期以前她来了，住在金花酒店。她结了婚，别人介绍的。过得并不好，那男的不是个东西，下了班也不回家，到处东游西荡、拈花惹草，有次甚至带一个小姐回家，在她睡的床上胡搞。她刚好回来撞见，那女的一边穿衣服一边说她败兴，她大叫一声将家里空调、电视等能砸的都砸了，还挨了一顿揍。她想离婚，那男的威胁说离婚就毁了她……她很可怜，跟单位请了长假，长途颠簸就来了，来前没跟我联系，怕我不见……"

说到这里，他又沉默了一会儿，低下头，摩挲着空空的冰茶杯。

"这么说，你现在可怜她，觉得对不起她，她的悲剧是你造成的，或者因此因怜而爱，拒绝飞飞？"

茶楼里放起了克莱兹曼的《致爱丽斯》。伤感幽缓的曲子无孔不入地四处萦绕。

刘思如释重负地往后一靠，双手交叉握着，镜片后的眼睛射出坚定的光：

"你错了，我不是拒绝飞飞。颖很可怜，我现在不想给她任何刺激，她不该往绝路上走。我是她在茫茫人海中紧紧抓住的一根救命稻草，我能做的就是帮她慢慢稳定情绪，我从前伤害了她，我现在不会再伤害飞飞。只是飞飞不是一个像你这样理智且善解人意的女孩子，她不可能坐下来完整地听我从头到尾讲一遍这个故事，我不愿想象她会做出什么样的事，你是她最好的朋友，希望能帮我劝劝她，再说，这个时候我没打算要孩子，我有我的人生计划……"

喻言没有将关于颖的事告诉飞飞。她也怕飞飞会闹出事来，不好收拾。

她不愿给刘思添乱。

方理过来时，喻言已做好饭了。

"飞飞怀了孕，刘思暂时不想结婚。"

"那就打呗。"

方理满不在乎地夹了一大块肉，吃得很香。

"你怎么这样？你们男人真是!"喻言不高兴地挑了一筷子青菜。

"哎，你不要一棍子打死嘛，你怀了孕，我们马上结婚。"

喻言将筷子一丢：

"二十几年前你妈就这样逼着你爸结婚？怪不得这德性!"

她吃了一碗，不想再吃。一盘红烧鲫鱼，剩下一条没动。青椒炒肉倒是吃得精光。

刷完碗，喻言靠在沙发上看书。方理兴致勃勃地看电视上的足球赛。

"方理，你就不想问问刘思为什么不愿意结婚?"喻言放下手中的书。

"我不问你也会说的，你是一台永不磨损的录音机……射门!

射门！"方理看球赛看得目不转睛。

"方理，方理！你再看我不高兴了！"喻言有点生气。赛场上不知哪个队的队员在射门，方理还是不睬她。

喻言"呼"地一下将书砸了过去。

"干吗呢，你？"他摸着脑壳有些恼怒，眼睛还是没转过来。"噢，进了，进了！狗日的，好样的！"他手舞足蹈，终于心满意足地走到喻言身边，紧挨着她坐下。

"不就是为了颖嘛，他的那点事还瞒得过我？"方理的手伸进她的衣服里，一阵鼓捣。

两个人在沙发上做了一次。

"方理，你说刘思这人到底重不重情？"

"我也说不上来。不过男人的事，有时候只有男人才能明白，再聪明的女人也不会懂。"

喻言陪着飞飞到一家诊所做人流。

穿白大褂的护士发给飞飞两颗白色的药丸。

四个多小时后，喻言听到了飞飞的声声惨叫。那是医生在给她做宫内消炎手术。出来时，她大汗淋漓，脸色发白，几乎站都站不稳，护士赶紧扶她到隔壁病床上躺下。医生给了喻言两包补血的中成药，嘱咐她马上喂飞飞服下去。飞飞吃了药，躺了一会儿，感觉好些，便由喻言扶着出来了。

"怎么样，要紧吗？"守在外面的刘思一直焦急地踱来踱去，见他们出来了，赶紧迎上来。

飞飞虚弱地摇摇头，她靠在喻言的肩上，没有力气。刘思拦了的士，两人扶着飞飞坐进去。

在车上，飞飞"哇哇"地呕吐，服下去的药全都吐了出来。司机停车要她下来吐，刘思甩了一张百元大钞，司机闭了嘴。

车一溜烟开到刘思的住处。

喻言扶着飞飞在床上躺了下来，转身准备到厨房端早已煨好的鸡汤，却看见刘思在一边摘了眼镜偷偷抹眼泪。

原来他见飞飞痛得那么厉害，将吃下去的药也全都吐了出来，好好的一个人，变成了软不拉踏的垂死病人般的样子，心疼得掉泪。

喻言忽然一阵感动。

原先因飞飞而起的对他的芥蒂没有了，有种异样的感觉袭上来，她觉得这是个很温柔的男人，拉动了她心里的某种疼。这是方理达不到的。

飞飞恢复得很快。毕竟年轻。

她对家里人说，她到武汉同学那里玩了一个星期，现在回来了，家里人只是奇怪她玩瘦了一圈，她说自己减肥计划成功。

她又要天天安排节目出去玩了。刘思三天两头地缺席。手机关机，有时打呼机他也不回。开始飞飞没怎么起疑心，后来觉得有点不对劲，怎么老是有公事，这段时间公司没什么大事呀。难道他也像喻言的老板莫明天一样玩上了女人？飞飞心眼本就多，公司里的女同事一个个被她排除掉，那些女人不是老了就是没气质，刘思不会喜欢。她动起了脑筋。

对于怎么控制现代的男人，她更愿意与饱经沧桑在城市里生活了近五十年的母亲一起深入探讨。她查寻呼台。弄清楚了，最近常呼他的一个号码是78883287，金花酒店的总机。她很快知道了颖。

不分青红皂白先动手。这是她做人的原则。

飞飞和刘思两个人的战争爆发了，她三天没上班。

事情来得突然。刘思根本就没打算让她知道，方理不会说，要说肯定是喻言说的。喻言并没在意刘思气咻咻的诘问，只是以旁观者的身份忠告他："刘思，纸包不住火，飞飞迟早会知道的，她性子越烈证明她越爱你。你如果真的不想让她伤心，你就应该向她解释清楚，同时也应该告诉颖，你现在的处境。女人很柔弱也很坚强，绕指柔之所以能变成百炼钢，是因为男人的淬炼，你的温度不能高。刘思，我帮不了你，但我会看机会帮你的。"

焦头烂额的刘思走后，方理嘀咕：

"你怎么帮？这种事你能帮吗？男人的事不用女人鸡一嘴鸭一嘴地掺和，越帮越忙。"

喻言没理他。

颖还住在金花酒店302号房。

喻言敲开了她的门。她知道她进去的效果和飞飞、刘思进去的效果不一样。这三个人现在需要一只传播花粉的善意的蜜蜂。

"你是颖吧？我叫喻言，是刘思也是齐飞飞的好朋友。"喻言看她第一眼，就觉得颖是琼瑶书中那种哀怨的有着悲剧色彩的女人，她的衣服是浅紫色，轻飘飘的，浑身一股不真实的气质。

颖安静地笑着，请喻言坐。右脸上两道深深的抓痕，掉了痂，结了红红的疤，像两条小蚯蚓，那是性格暴烈的飞飞的杰作。她似乎有点不相信她，但还是愿意接待她。喻言明白了刘思跟她谈起颖时的那种沉重，这是一个易伤而又不幸被命运击伤的女人，她已失去了斗志，像断翅的鸟一样在人间张皇地飘着，不知自己的栖息地在哪里。她给喻言倒了一杯水，始终不说话。等着喻言开口。

喻言从包里拿出一管包装精美的疤痕灵和一瓶丁家宜洗面奶，递给她：

"颖，疤痕灵是刘思特地买的，他让我转交给你。这种磨砂洗面奶我用过，效果不错。刘思很关心你，也很担心……"喻言看见颖的脸上有两道弯弯曲曲的泪水，小河一样，在肆意地流淌。她同情地看着她，不知道下一句该说什么。来时预备的一肚子的话，忽然都说不出来了。

沉默了片刻。

喻言又从包里取出一个纸包打开，里面是一摞粉红色的用玻璃纸叠成的小方块，齐齐整整，很别致。她拿出一个，对着上面一个尖尖的小口，"呼——"地吹了一口长长的气，小方块霎时成了一朵粉红色的透明的小灯笼，极漂亮。喻言小心地将它立在桌面上，又拈起一个方块，告诉她：

"我在上大学的时候，听别人说过一个外校的故事。一个女孩喜欢上了隔壁班的一个男孩，但那男孩已有了女朋友，不喜欢她，还讨厌她。那女孩毫不气馁，千方百计接近他，男孩对她的狂追嗤之以鼻，甚至将她写给他的情书念给同寝室的人听，最后发展到将之贴在她们系的黑板报上。所有的人都把这当成笑料，包括她同班同学。她的同班同学认为她简直丢他们班的脸，但她仍然执迷不悟。慢慢地，男女生都不愿意和她交往，她成了一个为爱情而形单影只的孤家寡人。临近毕业的时候，她送给他们班每个人一个这样的小灯笼，上面都写了一行字：我孤独地爱过，虽然是一个形状，却很美丽。当送别的那一天来临，餐桌上所有的人都向她举起了杯。"

喻言吹着一个又一个的小灯笼，足足十二个，最后说：

"十二这个数字很吉祥，比如一年有十二个月，十二个生肖一轮回，它是我的吉利数，希望你喜欢。颖，你不要怪飞飞的无理，她其实是个比较天真的人，就是性子急。……十几天前，她才做了流产。"喻言斟酌着，还是将最后一句话说了出来。

"别说了，我知道。谢谢你。"虽然打断她的话，颖的声音并不急，细细的。

喻言不明白这么一个娴雅的女人怎么会被爱情逼得爬上七

层楼的楼顶，酣醉着狂歌乱舞。她更不理解刘思怎么会一点都不动心。

颖的确很聪明。她告诉她，两年前她就知道刘思说要结婚是骗她，面对命运的无奈，她只能放手。她还说她是个不幸的人，她现在的婚姻就是一个证明，她来到这个城市，是因为这个城市有刘思，有她刻骨的爱，那爱里还留存着许多往日的空气，虽然忧伤，但是纯真。她怀念。她现在的生活是个噩梦，但她不会将这个噩梦传染给别人，她会很快离开这里。她接着幽幽地说：

"请你转告刘思，我会按我的方式走完人生，它还很长，请他不必担心。也请转告齐小姐，我不会再干扰他们的生活。希望他们过得幸福。"颖的眼里又有了点点泪光。喻言想不出该怎样安慰她，安慰这个在情感上被击败得溃不成军的女人，她实在是同情她。

喻言喝完一杯水，要走。颖怔怔地看着桌上一排粉红的小灯笼，忽然说："我情愿你和刘思在一起，齐小姐不适合他。"

喻言心里咯噔了一下。

颖第二天果然离开了酒店，没有和刘思告别。

方理的生活好像一直变化不大。他的日子过得逍遥自在，碰上周五、周六，将生意丢给小潘，邀几个哥们儿在居委会棋牌室或喻言住的屋子里，细茶长饮，"砌长城"，彻夜不休。喻言的屋子窄，他们就在靠近门边的那块宽地儿摆桌子。茶喝得多尿多，午夜厕所里冲水的"哗哗"声不断。喻言从来不打。逢到在她的屋里打时，她就关上卧室门，躺在床上看书。但外面哗啦啦的洗牌声或哗哗的冲水声很讨厌，便挑文字强烈的书看，如《王小波作品集》。

总的来说，喻言是个好静的人。而文字不会发出声音。她喜欢有生命、有情感、激烈的东西，不欣赏那种无所事事的纯粹消闲找刺激的自我消磨。生活像一盘沙子一样丝丝缕缕，从指缝间平稳地往下漏，慢慢堆起一个两个荒渺的沙丘，喻言有时甚觉无趣。而方理，习惯于懒懒散散的，他翻这些没完没了的沙丘觉得很有道理，他说人生本就这样，翻了这个，前面还有一个。喻言说不，她希望有一天能从那沙丘里挖到一株仙人掌甚至在那仙人掌上找到一朵白色的小花，仙人掌的花，有生命的刺长长地在周围环绕。

除了在"蜜园"算账，除了看球赛、片子，若没有一些新鲜有趣的事实的刺激，包括高潮的做爱和报纸上连篇累牍的各种犯罪报道，甚至一两个从朋友口里抄来的黄色小故事，方理是萎靡的，起码在喻言的眼里如此。但这种萎靡有一种喻言抗拒不了的病态的吸引，它让人很舒服，很放松，像影视剧里演的吸毒的样子，飘飘忽忽，摆脱了所谓责任感那道束缚的绳索，在另一个纯粹自我的世界里随心所欲地浮沉，如不干净的水沟里的绿苔，轻飘飘地随着水波动荡快乐。

一连几天喻言郁郁寡欢，和方理做爱随他四处摆放身体。

她不想动，便被动地接受着方理高昂的性欲。方理身上有很多体毛，喻言相信那是性欲旺盛的男人的标志，所谓"黄书"包括亨利·米勒的《南回归线》《北回归线》都是这么写的，喻言很信。方理对她的这种做爱态度提出意见，说她不尊重性生活。喻言不理他，兀自想着自己的事。她的明晃晃的身体像菜板上的肉，被方理翻来覆去地倒腾，倒腾来倒腾去。她忽然有些厌烦。

生活也是影碟，或许，我已主演并深入了 A 面，这就是高潮吗？进入社会后的第一次高潮？她常这样想。

飞飞和刘思的关系时好时坏。

两人一会儿好得像青藤缠树，一会儿又斗鸡一样互相敌视。特别是飞飞，总是一副痴情女爱薄情郎横遭虐待要博取天下人同情的样子，她不允许刘思有哪一点不遂她的心，不允许刘思表现出任何和以前相比不一样的言行。飞飞固执地认为刘思一定和颖有着什么，否则他不会为一个远途而来即使是老同学的女人专门在酒店包一个房间，白天黑夜见面，那肯定与苟合有关，何况那女人还有几分姿色，且身材比她苗条。她不相信现实中的成年男女摒除肉体关系还存在亲情之外的单纯的互相关爱。

她要刘思百倍的顺意以补偿。

喻言最近运气不错。公司捉了一笔户外广告大单，这笔单最开始是因她在朋友婚礼上与宾客攀谈牵线的，虽然很少出去跑业务，但这次对公司有功，做了贡献，莫明天宣布奖她人民币两千元。小昭眼红，坐在对面用签字笔将桌上的玻璃板敲得"托托"直响，同事们嚷着请客，架不住起哄，喻言答应了。定在星期六上午十点，青轩饭店三楼。

那天方理去一个老板那里弄片子，没来。青轩饭店三楼门口设两个巨大的啤酒桶，上面放一个硕大的木瓢，底色，喻言很喜欢。一行人嬉闹地坐下，喻言吃饭从不亏待自己，她为自己点了腰果鸡丁、瓦罐乌鸡汤。腰果有着花生的香味，和嫩滑的鸡丁一起爆炒，绝。乌鸡汤嘛，补气血，养颜。大家都在玩猜牙签的酒令，到了女同事就是饮料令，喻言也参加了，还喝了不少饮料。她注意到靠窗的台位上来了一桌人，有刘思。喻言过去和他打了一个招呼。

刘思穿了一件浅灰色西装，打鲜明的深蓝领带，饱满的宽额头上，泛出年轻小伙子特有的精力充沛的光，他的眼镜挡不住灼灼的目光，很吸引人。他们的桌上堆了二十几瓶贝克。五个人中的两个操外地口音，喻言知道他们在谈业务，前两天飞飞就抱怨刘思不陪她，老是说忙，要接一笔业务。她担心刘思今天会喝趴下。他自己都戏称那两斤脾胃有辱东北人的形象，每次喝急了，都是飞飞代喝，那是在他们四个人的桌上。操外地口音的有一红光满面的大胖子，墩实地坐在那里，眼睛转得很快，话多。喻言知道这种人不好对付，劝酒厉害，喝酒更厉害，一根酒肠子捅到底，俗称"酒麻木"。她一边玩酒令，一边关注着刘思那一桌的动态。果然，没多久那边桌上喧闹升天，刘思带来的两个陪客面前已各摆了七八个空瓶，好像不行了。小姐还在上酒，刘思声嘶力竭地跟大胖子穷辩，大胖子确实厉害，他的面前起码摆了十几个空酒瓶，还在那里面不改色、精神抖擞。

"刘经理，这杯你不喝就太瞧不起人了！"

喻言看见刘思脸红到了脖子上，他的面前也放了四个空瓶。她知道刘思已喝得差不多了，但他似乎不能推却这杯酒，举起杯子站了半天，最后还是一仰脖，吞下去了。

"刘经理，刘经理！"

喻言看见刘思已溜下了椅子。西装上一片狼藉，惨不忍睹。

她迅速给飞飞拨了电话。飞飞风驰电掣地来了。

再碰到刘思，喻言就好心劝他："刘思，谈生意喝酒不用那么拼命吧？会伤胃的，你可以学点经验，耍点手段嘛。"刘思叹一口气："喻言，飞飞要是像你这样会体贴人就好了，她经常说我不会喝酒丢公司面子，也丢她的脸。"停了一停，又说："飞飞最近脾气不好，一点鸡毛蒜皮的事翻天似的吵，真受不了。"

喻言劝他："你就让着她，女孩子心眼小，要人哄。再说，上次的事对她有刺激，她需要一个过程平息。"

"那方理以前也谈过恋爱，还差点和那女的结婚呢，你怎么不介意！"刘思愤愤不平。

97

说不上为什么，喻言情绪有点不太好。看书经常跳着看，先翻尾再找中间，最后瞧头。电视更看不进去了，她本来就不大看电视。一打开，尽是模仿港台的娱乐节目，男女主持人不论岁数大小，一律天真状夸张状捧着个话筒傻笑，能打动她的极少。方理快活得很，尽找一些报纸上登的奇闻怪事，讲得头头是道、津津有味，夜里一过十点就催她上床。说这是生命最终的乐趣。

最终的乐趣，那你深山里的妹妹呢？

你这人有病！

喻言想：我可能真的有病。

这两天她老做一些怪梦。梦里有方理，有刘思，有时候她找方理，方理不知跑到哪里去了，刘思一直站在身边，没看见飞飞。有一个梦是她被人捆绑着推进一个大坑里，好像她是一个地下党，日本人要活埋她，她坚贞不屈，极英勇地站着，忽然一声枪响，有同志来救，她极力挣扎着抬头往上看，敌人扬了一锹沙土下来，隐隐约约她看见一件浅灰色的西装，还有深蓝色领带……

"喻言，喻言"有人在喊她。喻言睁开眼，看见方理开了台灯，正关切地注视着她。原来喻言在梦中不停地乱动，把方理踢醒了。方理起来拿一条毛巾替她擦汗。

"做梦和谁在一起呀？那么紧张，踢我，肯定没我的好事！"

喻言笑笑，倒下再睡。

新近上映《云中漫步》，是部大片。喻言决定和方理一起到光明影院去看。大片两人是从不在"蜜园"看的，效果比不上电影院好。出来时，正在下雨，两人没带伞。

"方理，觉得怎么样？"喻言倒是欣赏影片里面美丽绝伦的画面，也欣赏主人翁优雅浪漫的拉美式爱情，像片中被焚烧的葡萄园一样，有让人哭不出的荒凉，很美。"我不喜欢，慢吞吞，淡得像鸟。"方理揪起自己的衣领盖住头发，催喻言快走。

生活的 A 面，喻言脑子里又冒出了这几个字，她轻叹一口气，进入了绵绵雨里。

那天天气很好，蓝天白云。

喻言兴冲冲地到"蜜园"找方理。她很少在月末的工作日有空。公司来了两个即将毕业的财校学生，无报酬实习。喻言让实习的学生帮着制证，计算财务数据的钩稽平衡，只花一天半，报表就出来了。趁莫明天不在，她找个借口溜了出来。回来路上顺便到菜场买了一袋活蹦乱跳的虾，晚上她要在方理那个小厨房里做红焖虾，这个星期本来是轮方理下厨的，喻言心情好，打算自己做。

投影厅声响很大，枪炮隆隆，轰炸声声，叽里咕噜的人语不断，喻言知道那是在放原版西片。她探头瞄了一下，很火爆，施瓦辛格主演的《终结者》。

喻言问坐在门口检票的小袁："方理呢？"

"老板啦，好像，好像在——我也不知道他到哪儿去了……"

小袁的声音有些嗫嚅。

喻言奇怪地看了她一眼。负责收银的小潘也不知道跑到哪里去了。她决定先到影厅后面一墙之隔的方理住处去，放下东西，再打手机。

喻言掏出钥匙，开门。里面似乎有女人的声音叫了一下。音质很高，所以在隔壁震耳欲聋的枪炮声中脱颖而出。

她推开门，放下虾和包。

方理住的屋子足足有三十多个平方米，客厅样，中间用黄色的布帘隔成两间。不开灯光线很暗。里间有男女吭哧吭哧的声音传来，喻言很熟悉那种声音。她慢慢走过去，掀开隔帘：

两具赤裸裸的肉体发出油画样的光，青藤似的纠缠在一起。女人的嘴脸被一时的快感扭曲，一声一声的呻吟从她半张着的嘴里由胸腔深处滚滚而来，那情景像一摊山野里肆无忌惮狂泄的泥石流，冲决一切，毁灭一切。两人交叉对坐。

这种姿势喻言也用过。

就在这张柔软的席梦思大床上。她惨叫一声，掉头而出。一脚将放在门边的乱舞前爪的虾踩了个稀烂，几只劫后余生者惊慌失措，沿着桌脚四散蠕动，夺路而逃。

喻言无法原谅自己的眼睛。

她宁愿是个盲人，不要看到那一幕。

飞飞来看她，她不开门。

后来刘思也来了，她还是不开。

她向莫明天请了三天假。

她想休息一会儿。她本来就是个喜欢安静的人。是方理打乱了她的生活秩序。她知道自从那次和齐飞飞、刘思一起到"蜜园"看片子，她就不是清洁的少女了，这个年龄也该迈过青涩阶段。就像西瓜熟了就该破开，否则时间长了会烂。她不是痛恨那个轻浮无耻的摘瓜者，而是无可奈何地心痛内在的感觉全线崩溃。

像一串漂亮、珍贵的项链突然在某天早上断了线，珍珠遗落一地，蹦跳着滚开，魔术似的没有踪影。她跪在地上，用手到处摸，细细地找，这是她唯一的一件饰物，是她的骄傲和自信，她哭泣着，徒劳地想找回那一颗颗珠圆玉润的珠子，拼凑完整。

喻言觉得心里有团火，在猛烈地烧，而外面却寒风凛冽，冰刀刺骨。她觉得难受极了。想着，世界末日到了，自己要死了，要死了，要死了……漩涡似的风暴把她举到三十层楼高的天上，又重重地摔下！她躺在火车的铁轨上，浑身痛得不能移动丝毫，眼看那喷着黑烟的庞然大物向她轰隆隆、轰隆隆地驶来，她绝望地闭上眼睛，无助地让痛一遍遍一遍遍肆意地狂碾，狂碾，碾过她像一层薄纸似的身体。她飞起来了，轻飘飘地飞起来了，有从坟墓里出来的磷火在追她，她连眼泪都不敢擦，拼命地逃，逃，脸上的泪水如奔涌的河……

她在感觉的炼狱里挣扎。

有时搬出镜子，试着看还能不能微笑。她牵着嘴角，镜子里的人不是在笑，而是在神经质地做着某种莫名其妙的动作，她瞪着那张脸，突然陌生的脸，眼睛渐渐模糊，捧着镜子无声地抽搐，她哭了。她不想流泪的。她不愿成为为男人而伤心的女人。她甚至瞧不起苦恋刘思的颖。但她绝望地发现自己控制不了感受，她心痛，很痛，她窒息地哭，毫无觉察地吞食自己咸涩的泪水。

　　她靠在方理常开的那道门上，拉上暗栓，迷迷糊糊，昏睡了两天两夜。正逢经期，她也不管，任鲜血在身下流了一地，逐渐凝成暗黑色。她要离弃自己。离弃。

　　外面的人轮流劝，像另外一个世界的声音。

　　方理也憔悴了。

　　向来往上翘的下巴焉巴下来，还长了青粗的胡子，他找老同学刘思。两人坐在风亭茶楼，没心没肺地喝茶。刘思开口就道："喻言不是挺好嘛，你找别人玩是对不起她。"方理长长地吐出一口烟，说："我和小潘不是一天两天的关系，两年了，在遇上喻言以前。"

　　"那你上喻言干吗？还同居！"

　　刘思生气地摘下眼镜，使劲地用餐巾纸擦，好像上面有什么不干净的东西，完了又抛出一句：

　　"喻言不是个一般的女孩子，她是个好女孩儿，你那德性，

102

不要把她给糟蹋了。"

"哎，我说刘思，咱们出校五年了，你不要用这种口气跟我说话。"方理有些烦躁。他讨厌刘思擦眼镜的样子，每逢遇上令他为难或气愤的事，他就摘下那该死的黑框眼镜，来来回回地擦，像是擦狗屎。

"你别跟我提学校。你在校的时候根本就一色狼，惨遭你毒手的不知有多少像喻言这样的女孩子。"刘思更不屑了。

"你不想喝茶了，是吧？"方理站起来。

刘思向他摇摇手："算了，算了，我们说现在该说的事。"

这是一个日光微弱的下午。茶楼外面的林荫道干净得像孩子们玩的滑梯，偶尔的落叶闪着薄薄的安详的光。两人盯着窗外不声不响看了一会儿。方理先开口，他告诉刘思，他很爱喻言，对小潘谈不上爱，但不否认，他喜欢她，毕竟在一起这么长时间了。之所以没有和小潘结婚，是因为他自己都觉得那不可能，他在等真正的爱，幻想中的爱，那爱像云雾中的山花一样缥缈，但纯净，有如早晨菜场上还挂着水珠的紫光莹然的茄子，朴拙而喜人。这种女孩子现在很少见，就像这个城市再也看不到纷飞的大雪了，顶多只有迷惑人的小雪花，雪粒。但喻言就是。他说他从那次刘思和飞飞带喻言来看片子的时候，就发现了这个秘密，并且动了心。所以他带着一腔猎人般的狂喜，迫不及待地猎取了她，包括她的爱情，让她属于他。

"那你还和小潘保持那种关系？"刘思在小姐续水的袅袅雾气

中问方理。

方理不置可否地看着外面面目模糊的太阳，忽然眼睛直直地盯着刘思："除了飞飞，你就没对别的女人动过心?"

刘思没言语，他喝了一口热茶，想了一会儿，说："有。但不是和谁都上床。这是原则问题。女人和男人不一样，女人往往把感情当成生命中最重要的砝码，一旦失去就会终生失重；而男人不会，男人有许多其他的东西来支撑，比如权力、金钱，比如事业。而性在女人的感情中处于心脏地位。男人追逐性，女人珍惜性。而性和背叛，致命相连。所以一对相爱的人，无论被背叛的是男人还是女人，那都是一道对他最残忍的灵魂十字架，上面有永远的血痕。女人尤其如此。男人，其实更应该比女人多一种能力，那就是克制，这是男人最深刻的一道魅力。我不会像你这样，不负责任地乱碰女人。"

两人交谈就到这里。

十月三十日，是喻言的生日。

她一直不理方理，像磁场上的一极碰到同性的另一极。不管他采取什么样的手段。她的一居室换了一把锁，除了上下班和买菜，她很少出去，像一只蛹躲在茧里，对外面的事充耳不闻，"不知有汉，无论魏晋"。

又恢复了以前的生活。除了和飞飞在一起，喻言成了独行侠，独来独往，不想与任何人多说一句话。她住的屋子里没有电话，方理不停地给她打呼机，诸如"我爱你，请原谅我一时的冲动"，"我从没忘记你，你一直在我的心里"，"请给我一次机会"，等等，喻言干脆关机，再不带那只紫红色的戴安娜呼机。有次已经下班了，公司临时有事急需一张支票，其中一枚印鉴章在喻言手里，小昭无法开出支票，她给喻言打了九遍传呼……次日，喻言一上班就挨了莫明天一顿臭训，说她下了班就忘了是新达公司的人，再发生类似事件扣一个月工资，坐在对面的小昭幸灾乐祸地奸笑。

她又开了机，只是一见是方理的信息就按删除。

喻言没想怎么过生日。飞飞送了她一只通电后就一闪一闪的微型航标灯，深红色的小灯泡，乳白的浮船底座，上面固定浅黄透明小灯塔，袅袅香气在塔顶氤氲着，一个精致的小礼物，喻言随手把它放在台灯边。

三十日那天，呼机不停地响。多数是方理打来的，也有祝贺她生日的关系要好的同事。飞飞建议再邀几个都相识的朋友来开个小派对，她拒绝了。她需要安静。她已经不起任何喧闹，像一朵白天开放晚上就想闭合的花，花也有睡觉的时候，喻言想。

虽然她极力在自己的生活中抹除方理的痕迹，但到了晚上还是忍不住看了一遍方理那天给她的留言。"我爱你""我爱你""我爱你""我爱你""我爱你""我爱你"……整整二十六个。执着得像个不听话的蠢孩子。喻言刚好过二十六岁生日。她冷藏的心，隐隐被吹开了一扇窗，有一缕暖风溜进来，接着升上来的是方理那黑亮黑亮的眼睛，里面盛着水一样的忧伤，仿佛有许多的话要对她说……她使劲摆摆头，将呼机丢得远远的，拿起床边的书，那是刘墉的《我不是教你诈》。

十一点半，呼机又响了。

会是谁呢？那个疯子方理吗？

她犹豫着拿过呼机，上面显示：刘先生祝生日快乐，他说伤心而勇敢的女人是雪梅，希望它动人而不冻人，否则所有的赏花人都会伤心。

喻言心动了，她想起刘思那天在青轩饭店吞下最后一杯酒的样子，义无反顾，舍我其谁，就连喻言不喜欢的他脸上的那副黑边框眼镜都如蒙面英雄佐罗的佩刀，发出男性有着强烈体味的扣人心弦的气概。换成方理，他绝不会喝那杯酒，他会装醉，醉着向立在身后的小姐耍赖，设法躲掉它，如同他一向诱人的懒散，藏着点点乌贼般的狡黠。

刘思，是一幅中国传统的工笔花鸟画，笔法严谨，那里面的意趣是浓重的繁花绿叶下一对喁喁私语并立依偎的鸟儿，外面风雨潇潇，它们温暖而安全，她出神着，想参与进去，有一点点来自童年时代的明知不可能而又时时贪婪想象的向往。而方理是突破常规的，如西欧重彩浓墨的油画，有时让她看不懂，甚至觉得病态，但有惊人的吸引她的力量，汪洋恣肆地覆盖她所有感觉，每一个毛孔都被他掌控，不能平稳自如地呼吸，以至窒息。

她被这种窒息和掌控诱惑，那里面有她不能自抑的性爱——

一片陌生的飓风掠过的致命记忆。

　　方理的激情经常让她冲动如火，让她想极速堕落，在速度中获取前所未有的生命撞击的快感，就像垂死的老人一声悠长的叹息，是那么让她觉得全身心瓦解，彻底舒畅。据报载，吸毒者戒毒后，复吸率极高达 95% 以上，这是因为他们在生理上戒断后，心理毒瘾往往很难根除，一遇机会，诱惑如熊熊烈火，他们会忍不住再吸。喻言想这和女人有第一次成功的性经验是一样，她们会再想，想那种蚀心入骨、从内心深处经由每一个毛孔抽发出来的跌落成瀑的狂欢，那是隐藏于女人内心深处的极隐蔽的关于肉欲的堕落，它和使她获得快感的男人没有关系。

　　喻言这几天一直在想一些问题：为什么字典里有了"爱"，又要造"背叛"这两个字眼。为什么澄如日月的爱情经不起性的邪恶的攻击？为什么男人对性的占有有着没完没了的兽样的疯狂？……她想这些的时候，身体里有猫啮般隐隐的渴望，复仇般的渴望，小虫子似的在慢慢蠕动。她喝水，焦渴地喝水，但仍不能止住那种她不能控制的欲望。那欲望在长，在长，慢慢膨胀，膨胀，方理裸露的肌肉白炽灯光似的在她的眼前晃动……喻言几乎要大喊，喊出来，她清楚地知道，方理用强劲的手段打开了她作为一个女人最要命的关于性的阀门，他控制了它，强盗般玩弄着它，而她立在一旁，已失去了羞耻，她不再拥有少女那骄傲的对性的羞耻感和神秘感，她只想要，想要，要……她的手伸进了欲望的中心。

这和她第一次毫无心理防备地看那种片子有关。

她看了，自以为勇敢地看了进去，旁边坐着方理。那些巨大的情欲的场面像一层飘浮着恶意幽灵的空气，一直迫使她呼吸、呼吸，扰乱她的感觉，直至方理的出现。那些幽灵陆续离开，但影子却留了下来，像某些治愈后易复发的病菌，一遇她落单的机会，就发动无休止的攻击。

喻言恨自己。

她恨她自己和一个最庸俗的女人没有什么不同，一旦打开了心欲之门，就秘密想着那只潘多拉盒子里所有的蛊惑之光。她几乎杀了自己，以消灭那邪恶的在深夜里突然涌上来的动物般欲望。

她试着修复很久以前完全属于自己的感觉系统，她捡起每一个残留的部件，珍惜地摩挲上面每一条有生命的纹路。她决定不再让人在她情感的通道上屠夫一样拎着性欲长驱直入。她有惨痛的教训，不堪回首。

喻言的酒量自己也不知道，她听说过一句话：女人只怕不端杯，一端杯，男人是喝不过的。

已喝了多少，她搞不清楚了。桌上杯盘狼藉。她需要酒精，来麻醉一些让她头痛欲裂的想法。

迷迷糊糊间，有人敲门。

喻言扶着桌子站起来，去开门。外面夜色蒙蒙，一束很亮的灯光打在她的脸上，她认出那是刘思公司的车。车子打摆子似的震了几下，掉头走了，刘思夹着公文包走进来。喻言问他："这么晚来，飞飞呢？"

刘思打量着狼藉的桌面，一瓶开启的郎酒少了半截，喻言坐在椅子上眼神迷离。他放下公文包，问："光喝酒，没吃饭？"

喻言摇摇头。刘思走进厨房，揭开电饭煲一看，里面有薄薄一层米和水，他捡起丢在一边的插头插上，又加了两大碗水。

"飞飞考职称，今晚培训班串讲，我刚送她到青少年宫上课。顺便过来看看你。"

刘思一边替她收拾桌面，一边跟她说话。喻言向来不参加诸如此类的考试，她觉得没劲。想起飞飞说要将一本新出台的专业书借给她看，便问刘思："飞飞的书给我带来没有？"

脚下一趔趄，差点儿摔倒。刘思赶紧过来扶住她。

"喻言，你喝多了。"他扶着她走进卧室，让她躺下。

"我没醉，我从来没醉过。"喻言挣扎着要爬起来，刘思按住她："你休息吧，我给你煮了稀饭。"

她躺在床上，忽然哭了。

"喻言，怎么了？是不是酒喝多了难受？那滋味我有体会，我给你泡杯茶。"

刘思起身欲离开，喻言拉住，不让他走："刘思，你陪我坐会儿，我真的没喝醉，就是心里难受，堵。"

刘思拍拍她的手，坐了下来。

"刘思，你那天在青轩饭店陪客户喝酒，我看见了，你喝酒

109

的样子像佐罗。"

"佐罗也像我一样喝醉吗？喝酒是我的弱项，它让我很无奈，像爱情一样。"

"飞飞让你无奈吗？她是个单纯的女孩，给什么，就长出什么，像所有城市里长大的孩子，有她们与生俱来的骄傲。她们举止得体，有时真让我羡慕。"

"你应该是个很骄傲的女孩。"

"我吗？我实际上是个很自卑的人，我想和别人做得一样好，并且超过他们。我要表现得和别人不一样，用自己的独特的方式，像天山脚下的野马群那样飘扬地证明。在自卑的同时，我坚信自己无穷的能量，那是一个女人最珍贵的拥有，它如同宝藏一样丰富，如同瀑布一样迷人，它让人惊讶，让人赞叹，让人迷惑它赋予女人的几乎可以无穷无尽开掘的鬼斧神工……它就像奇迹，比财富和美貌甚至才华，更重要。"

刘思全神贯注地听她说话，她的话像十二度的啤酒，足以让他醉。但这是一瓶多么不常见的酒，连包装都是惊人的精致，他从未见过那样的液体，琼浆玉液似的，闪着极诱人的波光，勾起了他想喝下去的欲望，这是少见的。这和他那次在深圳出差碰到的艳遇完全不一样，那是纯粹的美艳肉体的诱惑，他的体温当时就升了，欲望在心里翻腾，他之所以能克制，是因为他有飞飞，他有男人的尊严。许多冠冕堂皇的男人在嫖娼的那一刻，已脱去了人的光环包括责任，而仅仅充当泄欲的雄性动物，他们极轻易地就让娼妓用撒尿的地盘嫖了男人一把，还要因此付出那一刻代表男人形象的金钱。这真是天大的讽刺！

喻言对他的吸引是不一样的。她像一个七八岁聪明过人的可爱的小女孩，远远地向他笑着，神秘地招手，招手，他情不自禁地想接近，触摸她几乎让人心疼的小秘密，他俯下身子，想碰一下刚才说出那美丽话语的嘴唇。

那嘴唇鲜红，如翕动着的午夜的花瓣，有夜露的滋润，他迷茫地接近、接近……

"刘思，稀饭煮好了吗？我真的有点饿了！"喻言微闭着双眼，酒意朦胧地问。

方理辞了小潘。那个手脚麻利的家乡女孩儿。小潘不愿走，她拗不过一向称为方大哥的老板，她一开始就拗不过他，所以跟了他，还以为找到了一个可以脱离山村大树的巢，从此在这个城市落户安家。她的方大哥又找了喻言，她哭，没用地哭，像第一次跟了方理的那天夜里一样地哭，她舍不得方大哥，但她没有办法。每次方大哥找她，她都情不自禁。方大哥除了每月给她工资，还私下给了不少钱，她都留着，那座山里还有两个读书的弟妹等着钱用。

小潘走的时候，泪水流得像八月的暴雨，方理也很伤心，这么一个憨实的山村女孩儿，像他的妹妹，他有些愧疚，觉得对不起她。临走的时候，他又给了她两千元。

方理心里空落落的难受，喻言不理他。

　　他想尽了办法讨她欢心。买最后一次上街时她看中的那套七百五十元的银色西装，逛遍这个城市所有书店购齐一套张爱玲的小说集，一到下班时间就站在新达广告公司门口，甚至不惜向小昭这种女人嬉皮笑脸打探她的近况……还三天两头找飞飞商量如何接近她的方法，能想的他都想了，喻言还是一副冷冰冰的面孔，心如枯井的样子。

　　最近他苦恼极了，烟也抽得凶，牙齿黑了，也懒得到"君悦"诊所去洗牙，那里的老板已认熟了，总是打八折。

　　这个让他心烦意乱的女人！

　　她是他的，他一定要敲开铁板一样对他关闭的门。

　　他放不下她。她像个小泥鳅一样让他捏在手里感觉滑溜溜的，很奇怪也很舒服，有时牛脾气上来了让他恨得牙痒痒，但是她是那么的善良和自尊，以至她根本就没有像飞飞撕破颖的脸那样，气势汹汹地找小潘撒泼大闹。但她缄默，沉默得如一只碗，方理不知该拿她怎么办，既不能回炉重铸，又不能摔碎，他从来没有这么苦恼过，特别是为一个女人，他向来是驾轻就熟的。

　　他为她的自我幽闭而心痛。

　　他的心里对喻言充满了歉意，他知道那种场面对喻言这种女人的打击，他发誓，只要过了这一遭，他会一心一意对她好，尽力修补她心里的缺陷，修补他们的爱情，他不会丢失记忆一样丢失这个注定跟随他一生一世的女人，他会在两人争抢新书的时候让她先翻一遍，看球赛的时候尽量将电视的声音调小，包括远离麻将桌……

方理来到了喻言的窗下，他没有敲门。他知道敲不开。

她在干什么呢？里面灯光明亮，一点声音也没有。

她不爱看电视，肯定是在看书。不知是不是在看他让飞飞送过去的张爱玲的书。他掏出手机拨号。

喻言是在看书。张爱玲的书。

紫红色的呼机突然惊心动魄地在梳妆台上叫起来，她拿起一看：

方先生说他就在你的窗下，你不开门，他会一直站到天明，他会天天用这种方式乞求你的谅解。

神经病！喻言关了呼机。继续看书。

但她看不下去了。

就像厨房的碗还没洗完，心里不踏实老惦记着。一连翻了几页。张爱玲的文字极冷静，像撕冷艳的布，除了细致的神经末梢的轻微触动，她确实钻不进她描述的氛围，终于忍不住，掀开窗帘的一角微微看了一下，方理果然站在那里。

十一月的夜风是很冷的。他竖起衣领，脸埋着，双手抱胸，像秋天的熊一样在自己熟悉的窝旁踱来踱去。

方理很自信。他相信屋里的女人在想着他。刮在他身上的夜风同样会刮在她的身上，让她难受，让她从里到外一阵阵地发冷，全身肌肤蜷起来，就像他现在这样。

彼此的沉默，在这种时候最能抓住对方的心，像一对充满了气互相撞击的气球，让人不由自主地谛听着那即将发生的"噗"的一声。

深夜 2 点。喻言的屋里还开着灯，不知为什么，她下不了决心关掉它。

喻言又掀开窗帘看了一下。她发现方理还没有走，这个疯子，他是会站到天明的。喻言心里有点紧张。外面的风一下一下地刮，刀尖一样掠过她不能安睡的心，她犹豫着开不开门，在卧室和客厅之间走来走去，拿不定主意。

她想一下钻进被子里，蒙头便睡，可是外面风声很大，在呼啸，呼啸，呼啸……她的心里有个小小的声音在叫，开门，开门，开门。

她忽然听见方理在说话。

方理隔着玻璃窗和双层窗纱低声地说："喻言，我冷。"

声音有些颤抖。

喻言一下子打开了门，一股寒气涌进来，方理站在门口脸色煞白，他几乎是哆嗦地说："小潘已经走了……"

喻言一下子抱住了他。

月光歌声样渗入。

粉蓝碎花的床像一个泊在过去的梦。

方理极温柔、细致地与她做，与往日凶猛、刚劲的动作完全

114

不同，他连男人快感到来前的粗呼吸都带着微微的歉意，他极力控制着自己，让它慢下来，花农培土似的耐心而小心地呵护着展开在床上的喻言。

喻言在脑子里想象着潮涌般的感觉，努力追寻那些深海红珊瑚的记忆，她做得那么认真，以至完全不出声地配合并迎接着他，连最贞洁的女人一定会发出的那种偶尔短暂的呻吟声都没有。她全身心地想要那种灵肉相合水乳交融的快乐颠峰。

然而她失败了。

她无法获取高潮到来前咬牙切齿即将攀顶的紧张。像一个年轻健康的初次临盆的孕妇忽然听到只露半边脸的医生不容置疑地宣布：难产。她几乎恐惧。

她在方理温柔、娴熟的动作操持下，坚持了一会儿，终于有泪水慢慢沁出来。最后，她躺在方理的身下颤抖着，低声啜泣。方理正贴着她裸露的身体极有耐心地运动，全心全意地运动，他没有注意到她在流泪，他很自信他的男性力量，每一个躺在他身下的女人，不管多贞烈最后都能被摆平，发出快乐的大同小异的啸叫，这是他在女人面前下巴总是微翘的原因。

他突然感觉到身下的喻言的颤动，像一条受惊的鱼突然不小心跃到了河岸上，身子扭曲惶恐地抖动。

他抚住喻言的肩，她的肩膀都在微微颤动。泪水如清晨的露珠一颗颗往外涌，迅速打湿了她紧闭的眼。

方理慌了，他不知所措。

115

"弄疼了吗？弄疼哪儿了？"方理跪在床上，拥起她的身子问。

　　喻言仍然在啜泣，她嗓音压抑地说："没有，方理，没有，不是你的原因，是我……"

　　方理回到喻言身边后，第一次亲密接触失败。

　　两人都有些沮丧。他们像以前一样小夫妻似的和睦生活着，但夜里躺在床上时，互相爱抚一会儿，都没有进一步抚慰下去的要求。方理不敢轻易动她，他怕她哭。

　　喻言一直觉得睡眠质量没有以前好，夜里常醒，一点点小声音就能把她惊醒，哪怕是一声咳嗽。

　　她好久不做梦了。睡不深，偶尔进入梦乡，也很快被惊醒，再睡，便梦不进去。有天早上接近凌晨的时候，她做了个比较完整的梦。她梦见方理上厕所，光着身子，好像是在白天。屋里只有两个人的时候，方理有时就是这样，随随便便的，光着身子走来走去。厕所里水声哗哗，喻言记得当时自己好像是在做饭，她无意中路过厕所虚掩的门，看见里面除了方理，还有一个女人在洗东西，方理一边捏着他的玩意儿，一边亲热地和女人说话，有说有笑地说话，那女人转过脸，喻言觉得面孔很熟悉，似乎是小潘……接着场面又变了，她在吃饭，喝稀饭，桌上还坐着另外两个人，一个是方理，一个是面目模糊的女人，梦里的她似乎记得方理光着身子和小潘在厕所说话时的情景，她喝着稀饭，喝着喝着，突然被噎住了，卡着嗓子，很难受……

醒来时，喻言用手一摸，眼里有残留的泪水，不知是在梦里憋着难受，还是哭了。

上了一天班，喻言心事重重，无精打采。

晚上，她关了所有室内灯，只将飞飞送她的那个小礼物微型航标灯通上电。深红色的光芒穿透黑暗，星光般一闪一闪，很像江面上漂浮着的警惕来往船只的真正航标灯。

方理坐在一边看着她，看着灯光。和以前相比，他宁静了不少。方理以前是很闹的，像足球场上的赛事总想尽兴。现在他宁静，宁静得如一株南方的木棉树，火红的花大朵大朵安静地开在一根根枝柯上，连鸟语声都隐蔽。他不抽烟。喻言以前经常说他，抽烟有害健康，牙齿黑，花钱，他不听，现在不用喻言说他也不抽。讨好似的。

喻言盯着那小小的航标灯，坐了好半天，终于开口："方理，我们在一起可能不合适了。我努力了，你也很努力，但没用。"

方理抚着脖子上那根绣着一剪梅的领带显得颓丧。他骄傲的下巴垂下，突然又愤怒地抬了起来，眼睛里几乎喷出火：

"喻言，我是爱你的，我从来没有像爱你这样爱过另一个女人，即使是和别人在一起。你让我吃不好，睡不香，牵肠挂肚，莫名其妙地思念，你这个极端自私、不可理喻的蠢女人！我以为你不会太在意那种事的，对爱情而言，它只是一件内衣，你为什么不能放下该死的自尊，尊重你至高无上的爱情！"

他野天鹅的本性突然发作，像飞行三天三夜终于停栖下来却被一块淤泥过多的沼泽所激怒。

喻言忧伤他们的思想在这一点上是如此的不契合，如果性只是爱情的内衣，那么内衣对女人而言，它是重要的隐私的，穿上是神秘的夜百合的吸引，被肆意强行撕裂则是赤身裸体地面对强暴，除非它变成淫荡。

被强暴的爱情，它的泪水，流进哪一条河？

"在内蒙古高原有一条耗来河，它的河道和水流非常稳定，有宽阔的河漫滩和牛轭湖，源头为地下甘泉，归宿是达里诺尔湖，它具备天然河所应具备的一切特征。自古以来，它一直在流淌。它的独特之处在于它的窄，最窄处只有几厘米，一条大鱼只能挤着游过这条河。'耗来'是蒙古语，它的意思是'嗓子眼儿'，耗来河是世界上最细的一条河。"

喻言像是在自言自语，她一直注视着床头眼睛一样一眨一眨的航标灯。

"方理，我的意思是说，我们的爱情就像这条耗来河，我不知道那鱼能不能游过去。没有鱼儿的河流是不堪想象的。我想，我们该分开，给各自一段冷静梳理情绪和整理思想的时间。想想未来，想想锅碗瓢盆的生活，我们总不能一直抓着自己的头发往上飞，你没发现，街上和我们一般大的同龄人都抱着孩子吗？……"

方理打断她的话："你想结婚是吧？我们现在就结，我没意见，我举双手赞成，我要比刘思他妈的先抱上儿子!"

他害怕失去喻言。

方理浪荡的生活需要喻言这片安静的港，用水鸟用波纹安抚他天天躁动不安的心。他享乐，漫不经心地懒散，戏耍，是因为他不愿意充当那浮躁的社会浊流下一只泔水桶，天天流着黑汗膨胀着欲望的肚皮。他没有勇气藏污纳垢，然后学别人那样逼出一股清流，他做不到。他简直嫉妒刘思这样的男人，肯拼命，有能耐，且运气好，他相信给他一个机会，他会做得比刘思更好。他的心有年轻的激情，在激动地等待机会，也在寻找机会。他想喷发，火山一样地喷发，只不过他有时把它倾泻到女人的身上，将那冲动的激情泄了密。他有自己的骄傲，但今天，这个骄傲的绳索被喻言牵着，他恨不得在自己的脸上打两个耳光，打醒所谓的尊严。但他实在不愿意再和喻言分开，他受不了，他受不了这种情感的鞭笞，他要和她在一起，时时刻刻在一起，像春天的池塘里一对浮游的鸭子，距离不愿超过一米。

元旦，飞飞和刘思没有结婚。

喻言抛下方理和关于方理的一切，在春天回了老家。

她冒着下岗的危险，请了半个月的探亲假。喻言两年没有回老家了，她想念老家的空气，想念老家黄昏的炊烟，小昭瞄着她的位置已很久了，她顾不上这种危险。

她没有告诉方理她回老家，她不告而别，连飞飞都不知道她去了哪里。她只告诉了刘思，她不知道为什么要告诉刘思，这跟刘思没关系。但她告诉他了。

刘思说，祝你一路顺风，有什么事跟我联系，还说方理那里不经过你的同意我不会讲，希望你能从此平静，最后说不要忘记了这个城市还有我这个朋友。

喻言的心平静不下来。颖的离开能让飞飞平静，小潘的离开不能解决任何事，不能让事情恢复从前。人说情场如战场，她没有觉得胜利，因为她没有胜利可言。她想小潘与方理做爱的战栗和她与方理做爱的战栗是一样的。喻言并不恨小潘，甚至也不讨厌她，一个从山里出来梦想着闯天下的天真的女孩儿，有什么可恨的呢？即使她用身体来弥补不足。希望她回到山里后，能找一个称心的男人，从此过上不受伤害的恬静的生活。

喻言为别人祈祷完，自己的心里仍然是空荡荡的，像一座挖空了矿的山。

老家的天空包容她，像包容一只疲倦的鸟儿。喻言身心放松，摆脱关于城市的一切，冬眠。

乡村碎银一样翻流的水花，和游动的鱼虾一起，充满了生气，不像城市整夜整夜滴水的水龙头，滴答，滴答，滴答，如催人老去的时钟。老家的食物可以简单成一碗手擀的飘着葱花的面条，充足而有营养。许多遥远而模糊的记忆逐渐苏醒。喻言关注在老家生息的李进，如关注一段初恋时的日记。

她甚至有一次碰到了他。李进当时骑着一辆自行车，呼呼地沿着一条乡间小路往回赶。

"李进，李进。"喻言站在路口向他喊。

李进停下来，偏头看这个站在路口向他招手的城里女人。喻言走近他。

"嘿，喻言，是你呀！前几天听说你回来了，过得还好吧？"李进显得兴奋，他往日单薄的身体变得壮实，健硕的肌肉，如脚下结实的土地。脸上长了一茬胡子，人粗黑了许多，也许是憔悴了。喻言看到他也很高兴，还有点激动。他们站着谈了一会儿。田野里有鸟不知在什么地方"布谷布谷"地叫。喻言没有寒暄叹息着提及他老婆的事。李进自豪地说加工厂的活儿干得有奔头，他还要扩大规模……少年时的腼腆在憨直的脸上无影无踪。他没提他半路而去的亡妻。最后他问喻言在那个城市过得怎么样，喻言说还好，还好，便不再说什么。她的心里有奇怪的想法，假如嫁给了李进，会是什么样子呢？一个农妇，初夏的泡桐树似的花枝招展地在田野里眺望的农妇？

喻言发怔时，李进匆忙地骑上自行车走了，他说他赶着到镇上的集贸市场给儿子买奶粉。他最后的一句话是邀请她去参观他的加工厂。他的儿子也像他一样长一双黑亮黑亮让少女迷惑的眼睛吗？长大后也会像他少年时那样用功好学并参加让人敬畏的数学竞赛吗？

喻言重新走过少年时走过的每一条路。有越来越多丛聚的感受，都说不出具体是些什么。有些已遗忘了，就像她现在怎么也想不起那时的好友小玉的全名叫什么。在她们关系最好的时候，她以为一辈子也不会忘记她，没想到现在连名字都想不起来，觉得对不起她。小玉初中毕业第一年就嫁了人，当时她还唏嘘，说她这么早就由水草样的少女变成了生儿育女的农妇，人生的过程短得像晒谷场上放映的电影，还没看过瘾就要散场了。

就在她自由地徜徉于老家的和风细雨期间，刘思来过一次电话，说方理都快急疯了，到处找她，"蜜园"也不管，疯了似的四处寻找线索，新达公司的人告诉他她只请了半个月的假，他不信，说他们联合起来骗他……

喻言静静地听着，感觉刘思说的事离她很遥远。她告诉刘思她可能提前回来，她担心公司的位子被小昭占了。

喻言回来时假期还有两天。

方理见了她，像荒废的庄园里被烧瞎了眼睛看不见月亮太阳的罗彻斯特终于等到了简爱的回归，他简直喜极而泣，问寒问暖，就是没问她走的时候为什么不跟他打声招呼。他一连两个星期自觉地做饭，到菜场进进出出买菜，买喻言平常最喜欢吃的菜，说是要亲自操持为她洗尘。他扔掉了一切有关小潘的东西，包括一大沓小潘走前盖了一夜才盖好日戳的影厅入场券。他将以前摆在他大房子里的床送了人，屋里全新布置，连门锁都换了。方理的服饰天天变，像晴朗的天空每天都有不同的云彩，领带添了好几条，尤其是衬衣，一天一换。他甚至还买了一瓶极厉害的"脚癣一次净"，发誓要根治香港脚。喻言笑他一天到晚油头粉面，打扮得像只香酥烤鸭，他咧着嘴说：你现在就是要我变成一大便，我也愿意。

喻言消受着这一切，有点懒心无意。她觉得她走到了生活之碟A面的结尾，再无法前进了。再走，只能到另一面。另一面是什么？她不清楚。

这期间，新达广告公司发生了一件不大不小的事。某日，小昭男友星夜奔袭，捉住了莫明天与小昭在办公室胡搞，当场痛揍了小昭一顿，连带着莫明天的脸也肿了。据说莫明天当时拿小昭当挡箭牌，小昭的玉牙都少了一颗。一周后，小昭竟辞了职，跟着她的男友去了海南。

喻言对昔日的对头不禁生出了几分敬意。

小昭都走了。

飞飞又怀孕了。喻言怀疑她根本就没避孕。

刘思准备结婚。"五一"结婚。他和飞飞连凑带借掏十五万买了商品房。

飞飞快乐得像个小娼妇，天天浓妆艳抹，勾着喻言到处采购结婚用品："联乐"席梦思、"梦洁"床上用品、海尔电器、家具、紫蓝色人体造型烟灰缸、纯棉地毯、套装睡衣……刘思倒是很省心。由于他们的这种关系，刘思公司的领导决定按规矩将他们中的一个调离原单位，飞飞选择了调离，她到一个离原单位比较远的经营部上班，每天转两趟车花一个小时零四十分钟赶到这里，装修布置她的新房。她现在对新房的重视简直超过对刘思的严密看管，刘思对喻言说，他终于恢复了一半的自由身。

说这些时，他们正在风亭茶楼。

喻言那天下班早，不想那么快回蜗居的一居室。她信步来到风亭茶楼看风景。人如流车如海，还有出租车放鞭似的爆胎。她最近老是不想回家，她和方理的那个家。两人也没闹矛盾，她就是心里闷，不痛快，像一场夏天下不透的雨。

到了下班时间，喻言还没回来。方理打呼机。喻言回呼说公司有点事，要晚些回来。在她愣愣坐着的时候，刘思进来了，一眼发现了她。两人相视一笑。都点茉莉花茶。

喻言端起杯子，碰碰他的茶杯："祝贺你，准新郎！"

刘思脸上浮起一层浅笑，将茶一饮而尽，说："和酒桌相比，我更喜欢茶楼，它让我放松，对生活感恩。"

……

"飞飞最近很快乐，像个受到老师表扬的小孩。"

"可惜我不愿意当老师，也不希望她永远是个长不大的小女孩。女人本是男人身上抽出的一根肋骨，我希望她能学会融合并支撑我，就像你能帮我一样。"

喻言诧异地问："我什么时候帮你了?"

刘思告诉她，颖最近给他来信了，她离了婚，条件是放弃一切财产，法院判给她房子，她不敢要，她怕那个混蛋男人永远纠缠不清，她辞了职，离笼的鸟儿一样飞到了上海，暂时还没找到工作，但在老同学的帮助下已有了眉目。她在信上说要感谢喻言，因为喻言让她感受到了情，感受到尊重的感觉，她的付出总是被人忽略，被人遗忘，受人践踏⋯⋯喻言的尊重让她觉察到了自己付出的价值，她已重新找回了自信，找到了自尊的起点，并学会在生命的废墟上站了起来，她要感谢喻言。

刘思忽然出神地望着她：这是个怎样的女孩呢？在城市流行的庸碌里倔强，不愿屈服。

她会被这个城市坚硬冷漠的具有彩色包装的动物外壳所刺伤，她已经受伤了，可怜的女孩儿！

"先生，请为小姐买一枝花！"

卖花的女孩儿巧笑盈盈，风亭茶楼是她们卖花的最佳场所之一。刘思爽快地掏钱买了一支白色百合花，递给她：

"白色是你的风华，也祝你早日和方理结成连理。"

喻言接过来。她的手指碰到了刘思青筋隐现的手，那是一双很白、很细腻的手，女人般的修长，喻言想，它签字的时候肯定很优美。

她的手指有点麻。像多年前突然碰到少年李进的手那种微微触电的感觉。捻着手中的花，她情不自禁地再次轻触了递花的手指一下，带着些微心慌——忽地肌肤一紧，她的发热的指被那只修长的手握住了。花掉在地上。

那一晚，喻言没有回住处。刘思也没有。

他们关闭了一切通信工具。关闭了外面的世界。只有耳边恍惚而真实的喘息。喻言流着泪，和刘思做，她的泪像从太平洋里流出来的一样，无穷无尽。自始至终，刘思没说一句话，他像个聋了瞎了的掘墓人，在深夜里疯狂地掘墓。喻言获得了久违的连绵的高潮。她咬住牙关，控制住脚趾头都想叫出的呻吟。这种高潮类似于往日和方理在一起时的那样，但又不一样，它湿淋淋地浸泡着无法言说的太平洋一样多的泪水。

伴着咸涩，伴着绵延的青春。

从那一夜起，喻言停用了那只跟随了她五年的戴安娜呼机。

从那一夜起，喻言再也没有与好朋友齐飞飞见过面。

她在第三天离开了这座城市。

连刘思与齐飞飞的婚礼都没参加。

临走，她在电话里只跟方理说了一句：A 面碟放完了，我得转到 B 面。对不起！

……

一晃又是四年。

喻言早用上了手机，淘汰了两部，现在是第三部了。她是用第三部 TCL 手机与方理联系上的。方理的手机号居然还没变。

126

喻言拨通曾经熟悉的号码，听到那个曾经无比熟悉的声音，鼻子竟不可抑止地酸了。

你还好吗？

好——喻言？

嗯。我回来了，有三天假。

那欢迎到我的店子来坐坐。……

喻言去了方理的店子，去坐坐。

还是老地方。只是店名改了，原来红色的铝牌换成了银灰色的霓虹灯管，里面滚着一行醒目的深蓝色的字：新 e 代网吧。一个扎着马尾的高中生模样的女孩接待了她。女孩很大方，她说方理去菜市场了，他要亲自下厨，好好招待数年未见的老朋友。

喻言一直盯着女孩臂里的孩子，那是一个不满周岁的小男孩，眼睛咕噜噜地转着，下巴微翘，像极了方理。他对着她天真地笑，喻言一下子喜欢上了，她给小家伙带来了不少玩具，甚至还拎来了一辆漂亮的童车。那童车是由喻言新认识不久的男友抱着的。

亲爱的妹妹

如果我的小船沉没，

那只是到了另外一个海洋。

——（美）爱默生

"三床，叫你哥去郑医生办公室。"

醒来不久的平多茫然看着护士。

护士长脸窄额，表情像下凡的天兵天将，俯身时，那些冒油的青春痘如同千百只小眼睛："你叫什么?"

"平多。"

"嗯——脑子没撞坏。"她嘟哝着走出病房。

一个白净敦实的男人进来。左手抱新脸盆，里面堆着卷筒纸、毛巾、香皂等，右手提黄瓦罐，热情得淹死人的笑。他将东西搁平多床前。

128

"你是谁?"喉咙里仿佛噎着东西,声音都弯曲了。平多试图动一动裹得像巨粽的腿,徒劳。

男人往方便碗倒腾瓦罐内容,"我?——你哥啊!买了些东西,看看,缺什么?"

红枣、枸杞漂着,热气腾腾,是乳鸽汤。

"你——你叫什么?"平多皱起眉,轻咳。

"平少!"

她一下笑起来,绷带里的脑袋拉锯样疼,赶紧收住。

哥哥!平少!这名字倒很好,平家少爷,父母不是总想有个儿子吗?!可惜最终落她一个。红枣乳鸽汤,她爱喝。

男人小心喂平多汤,平多温顺地喝,有点酸,味道不错。渐渐,一些东西如碗里的乳鸽骨架,浮出,完整起来。长长隧道,黎明的《今生不再》,车祸……

"你送我来医院的吗?"平多停下来。

"……你再喝一口。"陌生男人不停,不回答。

平多没有很稳定的职业,不是这山望着那山高跳槽就是被老板炒鱿鱼,如同大湖小汉蹦蹦的野鲫。总的来说,平多被炒的次数多,因为她有一个改不了的老毛病:迟到,早上迟到。平多早上迟到通常是这样的:七点一刻闹钟响了,咬牙切齿躺会儿,再躺一小会儿,终于还是极不情愿得像被一把大铁铲铲起。今天干些什么呢?先去地税局,再到宏发公司收货款,回来赶制报表

129

……等她呵欠连天套上衣服，七点半过了。火急火燎洗漱。抓包出门，发丝被门勾住——一团草顶头上呢，又奔回梳妆台。

平多是披肩碎发，好打理。对着镜子，握着梨木梳子，拢刘海的平多忽然就分神了。平多出神的时候双肩前耸，她像被野花迷乱眼的蝴蝶，不清楚往哪儿飞了，她在一地的春光里忘乎所以，旋舞、陶醉着，仿佛薄薄双翅被不明的快乐轻易射伤，被没有源头的怅惘隔在了昨夜梦里……镜子里的脸木木的，像没内容的纸，几粒雀斑跳出来变成醒目标题，标题又幻成了泠泠淙淙小溪，一路响着寻找山脚……这样一发呆，平多就不由自主了，有另一个自己穿着古装白衣，趿着水晶拖鞋，飘飘曳曳往镜子深处走，走——她想抓，抓不住；她很好奇，想看清又看不清……如此反复、纠缠，七点四十五了，狂奔下楼，拦的士，在司机身边涂口红，赶到公司，迟到了！

问：为什么不把闹钟定在七点呢？不知道，平多不愿意吧。平多不喜欢早上七点起床。

其实，每次闹钟一响，平多就醒了，彻底醒了。新的一天又开始了啊，她不糊涂。迟到是迟到，总得上班，"上班是一个人的尊严"，一个她敬重的朋友如此说。的确，假如不上班，她拿什么从脚趾到牙齿武装得像个不折不扣的美女？每月又拿什么向千里外的父母表示一下可怜孝心呢？虽然咽惯青菜、吃惯粥的父母在乡下显得不那么缺钱。可这事关尊严！——如同黄鼠狼热爱着仔鸡，老鼠恋着大米，平多由衷热爱这东西。剥开尊严外壳，啥？独立、自重——那是孤军奋战、君临天下的朝霞啊，是将遗体埋藏得钻石样罕见，令人不得不敬畏的大象！平多深深体味年轻生命带给她尊严的巨大乐趣，这乐趣里当然包括耍耍小脾气，比如偶尔偷懒，比如恋恋早床。

"小孩子！"这是男人听平多讲述后的第一句话。

"你一出生就长了胡子吗?"

男人不在意平多冲冲的口气。他其实没胡子，下巴刮得泛青，一颗痦子突出在左颊上，像轻点的口红，平多冲那赭红痦子微笑。

"又气又笑，鸡飞狗跳！"男人抽纸巾，替她擦嘴，平多没反对这动作。真的像哥哥呢！手心像有汗，她递出手，要他擦。擦完男人去洗碗。

自称哥哥的男人很会照顾人。他甚至买来了一件中号睡衣，蓝底碎花的，平多不讨厌。一床股骨骨折的病友和男人搭话，男人木讷，眼睛紧盯住自己膝盖，像与亲人失散的惶恐孩子。病友的陪护是个老太太，喜欢盘腿坐在空着的二床上，她试图用北方话和男人唠家常，男人永远酷呆模样，不做反应。

但平多一开口，他就画龙点睛，活了。如同千里外赶来扑火的粉蛾，投入热烈得令人动容。

术后仰面朝天的平多对从天而降的男人不得不产生久违的信赖，那种涂满甜酸果酱的信赖，到后来明显有依赖——喉咙里久坠的东西放松，卸落，如蚕蛹破茧，平多试图说点什么，对陌生人说，说久卧的人想说的，渐渐不可自抑……一切，如乱云飞渡、万川归河，争着涌过喑哑、语速不均的嗓子。

平多养过一只龟，掌心大，她专门从河边淘回细沙，匀匀铺在卫生间，做成它的闺房。每天，花心思准备碎馒头、菜心、香肠丁、巧克力饼干末，但它从不理会，即使山珍海味也顶多嗅嗅，像胃口极刁的官员，让人绝望。僵持了两个多月，平多认输，将它放生了。万物之间均有神秘距离——平多懂，不逾越。她尊重苍天写下的。

平多第一份工作，是在一家卖汽车零配件公司里做出纳。业务员去外地购货，说好次日清晨带汇票，她老毛病又犯了，上班迟到，她拼命催的士司机，结果与前面出租车追尾了……等她千辛万苦将汇票送到机场，安检结束了。秃顶经理将她喊进办公室，一言不发盯着她好一会儿，从地底下进一句："你晚上少穿点，去'香蜜湖'，看能不能为那儿带来客源！""香蜜湖"就在上班路上，笙歌夜夜，三陪小姐如过江之鲫。"那我用这个招待你！"一心认错的平多将桌上残茶猛地泼对方脸上……次日，她就舒舒服服睡大觉了。即使是这样，她还是承认被炒了，难过。

这样难过 N 次后，平多遇到了王国强。

王国强有钱，有多少，平多不知道。平多只知道他有两辆小车——奥迪、标致，一条耳朵比驴耳还长的黄毛狗，还有一栋风声穿进穿出显得空落落的别墅。第一次踏进铁门紧闭、青砖院墙高矗的别墅，平多像被施了魔法，定住：鲜艳欲滴、惊心动魄的玫瑰们牵扯她！朝霞至柔至纯之色融落这里，深浅交映，连枝干上的小刺都娇媚如伤口，太阳下水珠盈盈的，似幼儿刚止泪的眼。抬首，满院红玫瑰啊，熙熙攘攘吵吵闹闹，浓洇淡染盛妆粉面……羞答答的，大方妩媚的，雄赳赳气昂昂的，搔首作怪的，东南风吹来，它们你推我搡你退我进，似歌舞正酣的盛唐宫女，气喘吁吁呈现着惊人丰美……风息，有秩序地安静，端立，接受阳光热吻，猩红的嘴唇鲜润饱满如云似潮，平多情不自禁迈步，抚爱它们……她觉得自己的心都变成其中一朵，颤颤伸展，随着满院红节奏，摇曳、舞动！——那红都红出了节奏啊，她阵阵晕眩。"知道你要来，每一朵都拼命灿烂！"王国强搂着她的腰，很得意。平多感到，主人王国强不扶她，她就要倒了。

有哪个女孩能抵挡住这样的一院红玫瑰？

王国强皮肤白，酒喝多了，白里透红，与众不同。平多第一次见到他，是在酒桌上，婚宴酒桌。"你眼睛很像一个人。"平多没想理会这毫无特色的搭讪，可莫名其妙的，她和搭讪的发福男人拼起酒。她喝了六瓶，最后两瓶对着瓶口吹；王国强吞下十二瓶，还喝了不少白酒……酒喝多了的平多异常清醒，像没事人，所以她记得不清醒的男人喃喃酒话。他说他有个神仙弟弟，每次显形总是在饭桌上——就像这样一桌，嫦娥、七仙女、白娘子、何仙姑相陪，美女如云、如云美女啊！……不食人间烟火的弟弟总当着美女面，说哥哥是牛魔王，欺辱了铁扇公主的牛魔王，他要护天道与牛魔王决斗，将牛魔王烧死在火焰山，烧得灰飞烟灭！好几次，他都被弟弟打得法力尽失、头破血流……一脸常态的平多突然呕吐，四邻避之唯恐不及，独胡言乱语、喋喋不休的王国强不避。王国强歪过来轻拍她的背，顺便将头上疤指她看："瞧！我弟……弟打的！"平多摸那个疤，"你小时候偷鸡蛋被人揍的吧？"王国强摇头，将她手往下拉，"火……火焰山烧的！"平多就摸到一颗痣，在敞开的胸前，像少女乳头，她很好笑，掐一下，"铁扇公主饶、饶命！"王国强往椅子下溜，伸出的脚差点将平多绊翻，平多从没见过那样大一双脚，一双小船样的男人脚，触目惊心搁那儿。

之后，两人三天两头见面。那些酒桌上的胡话趣话，平多后来再没听过，因为王国强也再没醉过。不醉的男人说出的都是醉人的话，平多喜欢听。

王国强出手大方，吃穿用的，给平多买了不少，他还送过她一张银行卡，平多不要。

王国强在郊区别墅和市区轮流住，他没要求平多搬来同居。这个问题上，两人很有共同语言。王国强不喜欢整天对着独木林，平多更愿意有如风自由……感冒了，王国强陪她看医生。出差了，派车接送。瞧中电视导购的某物件，不出一周，东西快递到手。一切体贴入微。王国强真的宠她。被一个有钱男人宠着是快乐的，即使他大她一轮，有过短暂婚史，这又有什么关系呢？

可是，可是要问平多是不是真的就很满足很幸福了，平多又答不上来。

——因为，她还是爱那样对着镜子出神，出神的时候会想：还有没有更深更大的欢乐？像烈马在风中狂奔踩下深深的蹄印，像午后的猫追逐着数也数不清的五光十色线团，或者像一瀑春水欢叫着跃下高高悬崖……平多不知道，无法回答。

王国强毕竟不是工薪族，所以他不大喜欢陪平多去灯火通明的夜市大排档，不喜欢逛儿童公园，看热闹的广场展览，他喜欢去霓虹闪烁的娱乐城，进生意兴旺的盲人按摩院，或到啸聚的某位"绿林"朋友家——这种类似家庭聚会场合，他爱带上平多，平多也不讨厌。一次，王国强一位做珠宝玉石生意的邓姓朋友别出心裁，组织名为"孔雀开屏"聚会，要求每位男宾带一个女孩儿过来。先麻将、扑克牌热身，再切入主题，从当晚女宾中评选出"孔雀皇后"，当选者奖赢家捐资的价值万元项链。平多一听，来劲儿，跟着王国强就去了。

"像宠物选美！"

"那时觉得好玩！项链摆在客厅吧台上，很漂亮！孔雀开屏镶钻吊坠！"平多瞥了插嘴的男人一眼，"你不说话我不会当你哑巴！"她嗓子较自如了，末一句说得飞快。

"这话耳熟——"男人丝丝吸气，"女人为什么总要比男人霸道？"

平多睨他："我嫂子就是这样嘛！"

"嘿嘿。"男人低头。

窗外扑剌剌响，平多追出目光，一只鸟儿离开爬山虎荫翳的对面平房，很快飞过，忽略脚下杨树、草坪、有栏杆水池，黑尾巴拖得老长，长得像久久不散的谎言的阴影，男人也看，两人瞧着鸟儿在门诊大楼尖顶处消失。一时安静。

"继续说啊！"男人回眸，口气像医生，给平多做手术的郑医生。郑医生查过房，建议平多少说话、多静养，平多就直愣愣看郑医生，异乎寻常地看，看他检查完自己，又看他检查一床患者的股骨，大概看得郑医生后背发麻，出病房时，郑医生扭头说了和男人一样的话，继续说啊。

平多就继续说。

那一晚，群芳荟萃。男人们压抑不住地兴奋。打麻将、玩扑克，赢家眉开眼笑，输家慷慨潇洒。女孩们在各自男人身边掠阵，她们像细雨后的果蔬，争先恐后鲜嫩惹人，其中一位尤其招人，超过一米八身材，通体银色，拿一只金黄手袋，猫步娴熟，冷冷眼神，大概是模特儿。说不清的香味无处不在。

平多穿立领丝质旗袍，藕红色。《花样年华》里张曼玉旗袍百变，她眼睛都晃花了。还有另一位张姓名人，书里的照片穿越了岁月风烟，雍容旗袍与蕙心兰质如影随形，她叫张爱玲。平多精心搭配一条珍珠项链，一双珍珠耳环，套一支水红手镯。参差纷披，头发拾掇服帖，由一根酒红珠钗紧紧管住，平日的散漫、野性被剔得一干二净，变成另一个人，另一个时代的女子。她端庄下楼，久候的王国强盯着她傻笑，车开到第一个红绿灯处，王国强发现公文包落下了，又倒回去拿。

麻将、扑克牌收了，女孩们随身带的手机也被集中，堆在吧台上，邓老板的保姆守着。游戏有点意思了。男人们三三两两，对女人花指手画脚，谈笑风生。有个女声像哨子，每隔几分钟吹一次，每吹一下四周就开水样沸腾。还有一位像喝多了，和每一个男人拥抱，男人们就摸她脸，趁机亲一下。更有几位似吃风尘饭的，笑声浮荡、动作撩人……光灿灿项链躺在黑丝绒上，和女孩们同样光灿灿的眼珠不时对视。男人们后来聚到一张大圆桌边，不让女人靠近，他们烟腾雾绕，面红耳赤的，仿佛联合国讨论经济制裁问题。眼睛有血丝的王国强总往平多方向瞟，他很少盯别的女人，王国强表现不错，平多脸上一直挂着笑，温软的笑。她坐在靠窗沙发，翻报袋里的杂志。

"谁知道拉宾是哪国人？"

一个粗哑的声音。居然有人出考题。

"哪位公主知道？"

叽叽喳喳的女孩们忽然没了声音，像一群嘈杂出行的蜜蜂遭遇一场猝不及防的雨。

"法国吧！""美国。""意大利。""马来西亚！"……此起彼落的回答像油炸兰花豆。开始是抢着的，后来式微下来。

男人们这回很统一，很守纪律，他们没有一个人插嘴。他们瞪着盛装的跃跃欲试的女孩们，高瞻远瞩秃鹫样。

有人猜，远在大洋洲的巴布亚新几内亚——真是难得。

越说越远。

快过去半小时了。好像拉宾不是地球上的人。

男人们不住地起哄。"头发长见识短，切！""猪脑！""日他妈，她们知道了才怪！"……"到底有没有人知道啊？""再没有人知道，我们换好东西去，换一屋避孕套！"男人们嘎嘎爆笑。

"该带张世界地图来！"一位左耳穿五只耳环的女孩说。她们紧急团结。"有台电脑就好！""屁话！到底有谁知道啊，我们叫她大姐大！"……铂金项链被一盏壁灯柔和打着，孔雀开屏展出的红黄蓝钻粒华丽非凡。

"真令人遗憾，看来没人想拿这条项链了！"

"我知道！"

所有目光涌到靠窗沙发。

平多站起来，抚弄腕上手镯："拉宾是以色列人，以色列前总理，1995年11月4日他在一个祈求和平的群众性集会上遇刺，被一敌视中东和平的男子用手枪打死，"平多对着最近男人比画开枪，"就这么——"

男人们齐刷刷鼓掌。平多身边的模特儿也鼓掌，渐渐，女孩们都鼓掌了，全场掌声雷动。

王国强说，那晚他手掌拍肿了。

平多成了那次聚会的"孔雀皇后"，她赢得了"孔雀开屏"项链。后来才知道，聚会的男人们好不容易圈定了几个女人，平多属其中之一，可大家心中各有美人图，最后争得不可开交，只好出一个女人们不太关心的国际考题……王国强的朋友们后来都说王国强真有艳福，找了这么条中西合璧美人鱼。

真是扯淡！

但那一晚，平多觉得做有钱人真好，做被有钱人爱的女人更好。靠着王国强软软的啤酒肚，捧着赢来的礼物，平多有了那么一种陶然，那么一种飘飘然幸福的味道，像一只刚离母体不久的小蜜蜂掉进一团蜜里，她在恍惚的甜香里挣扎，软软挣扎……

此后，大凡聚会，王国强都会带上平多，展示最得意的作品样推介："我女朋友，平多，孔雀皇后。"于是夸赞声声："真不错，钻石王老五这回拿真钻给我们开眼了！"

生活像条熔化的金项链，灼目流淌。平多怎会拒绝呢？

直到认识付加。

付加警告平多："姓王的不是什么好鸟。除了搞建材五金，他还涉足色情娱乐业。富士天堂是他产业，那地方你听说过吧？坐台小姐非常有名……他在临湖路的那栋楼，有一院儿漂亮玫瑰是吧？千万别让那些花儿迷了心，这城里每一片树叶都知道他那些破玫瑰是用来哄女人的，他车里经常坐着不同的女人，和他关系很密切那种……"

"付加又是谁?"

男人削一个梨。

"别打岔!"平多挥着没受伤的手,连同半根香蕉,她能自己吃东西了。

"还想吃吗?"男人摇摇肉梨。啰唆!平多将头扭向一床病友。一床一吃药就睡觉,现在睡得正沉,死了一样。说北方话的老太太使劲搓洗衣物,她真是个热心人,平多腿不能下床的那些天,她主动帮平多取放便盆甚至擦澡,平多指挥男人买回一大堆中老年钙片、蜂蜜什么的送她。

一个面生的护士换吊液。取空瓶,挂新药,转身时肘部擦过小推车,一大团纱布落下来,砸在平多伤腿上——平多猛吸冷气!"兽医!兽医!"男人弹起来。"对不起!对不起!"护士拾起肇事纱布。"对不起就行了?一声对不起就对付了?"男人眼珠红了,声音愈来愈尖厉,"我要找郑医生,找你们领导!严惩,一定要严惩!要让你记住犯错后果!"男人像条愤怒的眼镜蛇,昂头堵住了欲走的护士和小推车,"还想溜?扔下后果溜?不负责任地溜?做梦!"男人脸上痦子血红,平多注意到他握刀的手也在抖,抖得厉害,那刃上还有梨汁。她本来为男人替她出头而感动,现在,她有些害怕了,忘记疼了:"没事,我没事啊,让她走吧!""伤口有问题,再找她算账也不迟!"老太太帮腔,一床被惊醒了,愣愣瞧着。护士终于脱身。

"她是兽医,我可不是兽!"平多冲男人笑。脑袋上的伤好多了，不再扯得生疼。

"你眼睛，很像一个人呢!"男人声音恢复平常了，温和地看平多。

平多怔怔，这话谁说过? 曾有人对她说过的。

平多的脑子灌进了老米酒，混沌。

富士天堂? 挺有名的，听说黄风猖獗，三番五次都没治下来，有人说治黄的公安都被拖下水了。王国强从不带她去那种地方，他说她该去的地方是茶楼、健身房、影剧院……那也是为她好啊。王国强做娱乐业，一没影响她生活，二没妨碍她工作，至于其他，关她什么事呢? 平多只关心王国强对她究竟是怎么回事。像付加描述的那样，只是他车上的女乘客之一吗?

这可不是减肥、做面膜的事儿。

平多认真地想了一晚上。一晚上烙着煎饼。

王国强来了，照例在宿舍楼下按喇叭，"嘀——嘀"一长一短。他没带司机，那个跟屁虫一样的司机总是均匀按两声。平多花半天工夫盖住了一对黑眼圈，下楼时遇到对门寡居的圆脸蔡。圆脸蔡拎着黄瓜、鱼、酸奶，满脸汗:"你真有福气，找一个大老板! 嫁过去可要记得我这苦命人哦!"平多敏捷地拣出一杯酸奶，晃晃:"归我啦! 大老板——送给你!"她风一样走了。圆脸蔡张着嘴。

"去哪儿?"

"你说呢?"王国强熄了烟,看平多。

平多看窗外的树,黄昏的绿化树像刚下班的矿工,灰头土脸,一只红塑料袋挂在枝杈,像某个女人使用过的卫生巾,平多盯着那东西:"富士天堂。"

"哪儿?"

"富士天堂!"平多一气吸完酸奶,咚地扔出奶杯。

这不是王国强熟知的女孩。平多不容置疑的口气让他讶异。

商场上呼风唤雨的王国强从来爱惜自己,包括自己的语言,所以他仅愣一下,便专心开车,往平多指的方向开。

快到时差点闯红灯,车子贴着交警停下。年轻交警冷着脸,目光子弹样射过来,王国强赶紧掐烟,交警厌烦地摆手,放行了。

果然,"孔雀开屏"聚会上的好几个女孩都在富士天堂,浓妆艳抹。她们见了王国强很亲热,王总长、王总短,嗲嗲叫,不避讳平多,好像平多也是她们的姐妹,她们对姐妹淡淡一笑,耸耸肩。

王国强领着平多轻车熟路径直进一个包间。大堂经理一路跟进来,安排技工洗脚。男技工给平多洗,女技工给王国强洗。女技工洗脚时,平多毫不费力就看到一对白兔子在她没穿奶罩的胸前跳跃。王国强不看白兔子,他半躺着和大堂经理说话,刚说几句,接了一个电话,匆匆起身,和大堂经理出去了。平多被足底按摩弄得龇牙咧嘴的,直冒汗,端茶时,才发现旁边多了一个人，一个和大堂经理一样穿制服的清秀女人。

"王总不在吗?"女人含笑问，却并不等平多回答，"我叫采采，管这儿的美女。"

"是妈咪吧。"

采采挑挑眉，掏烟，递过来，平多摇头，她自顾抽上："她们喊我采经理。听她们说，那次晚会——你独领风骚，是你吧?气质不错，做什么的?"眼影复杂、眼神缤纷的采采乜斜平多，像打量应聘的女郎。"财务。在纺织贸易公司。"平多飞快地回答，浑身不自在，一种窥探欲亦随之增强。

"你的项链——我看看，可以吗?"采采最后盯着她脖子。

平多就取下了项链。

"其实，它不值那个价……五千五，我陪王国强挑的，在广州珠江边，邓老板带我们去买的。""你和王总很早认识?""最开始我在杭州。他去我们那儿唱歌，将《你在他乡还好吗?》唱了一夜……我随他闯荡时，刚十九岁……"一杯茶工夫，平多知道了口音浓重的采采老家在湘西，念过高中。她喜欢晃荡腿，两条光润的腿在蓝色套裙下雨打芭蕉一样动。穿制服的她不动，端庄，一动，就风尘味儿十足了。平多琢磨着那张沧桑无限却艳丽尚存的脸，到底多少岁呢? 实在看不出来。但怎么也有二十六七了。洗脚技工走了，剩下两个女人，剩下一时静默。

"你真的不错，知道拉宾是以色列人，我们这儿不知道拉宾，只知道拉客!"采采吐着一个一个烟圈，看她。平多从采采肆无忌惮、幽幽如磷的目光里，读出了一些女人间才懂的东西，平多昂首挺胸坐正，看对面电视里热闹的故事。采采忽然低下头，笑出声来，"哈哈，鞋！你的鞋，你脚上的鞋——本来是我的，王国强买的，我穿过一天，崴脚了，脱下来甩八丈远！左脚鞋底梅花纹擦了一块，是不是?"采采男人一样弹飞烟头。

平多穿的栗色松糕鞋是两个星期前王国强送的，她记得打开时，抱怨王国强粗心，鞋底花纹掉了都没发现……王国强只是嘿嘿笑。

如同一脚踩进了陌生的沼泽地。

在明明暗暗、暧昧如狐的人群里，平多觉得自己站在荒无人烟的菜市场，没有了喧哗声，没有叫卖声、讨价还价声，挤挤挨挨全是各式各样待售的新鲜果蔬，大棚长的、野生的……复杂、古怪，那一霎，印证了她心里长久以来萌动的一个想法：和王国强在一起不会长久。她和他根本就不是一层或一维的人，他们分属两个世界。

采采给他赚钱，我给他争脸，挣面子。那一刻，平多无比清醒。

血往上奔涌，燃烧……

王国强回来了。

"聊什么呢?"王国强浑身洋溢着笑意，胖人特有的那种面善的笑意，他大概收入了一笔不错的生意。"噢，我问她还需要什么服务。"采采站起来，扭着细腰走到门口，"小妹妹很可爱，"

拉门时又回头，"王总可要怜香惜玉噢！"

"下个节目——洗桑拿？"王国强腆着大肚，成竹在胸的样子。

"哦，我该走了。"

"这儿可是你要来的。"

"你的世界，我已没兴趣看完全部。"话到嘴边，平多吞回去。她意兴阑珊。

她真的想回去了，回去躺躺，理清小山一样的一些事。就让山直耸入云吧，让水重归漫漫河川……

她现在需要一把铁齿巨梳，一面不让人分神的纤毫毕现的镜子。

"要不，我们去'小天鹅'看水上表演，吃宵夜？"

"不饿。"

"逛商场吧，你不是要买个双肩包吗？"钻进车的王国强一只手示意。

平多拒绝。

王国强终于沉默了，歪歪倒倒、蹒蹒跚跚，将车驾到她宿舍楼下。

次日，平多整理出两大包物品，从邮局寄走了，寄给王国强，包括那个孔雀开屏项链。

男人摸出烟，征询的目光看着平多。平多对一床方向努努嘴，他笑笑，去外面走廊了。

平多已躺了四天。除了腿有时火烧火燎地疼，有男人陪着，也不怎么闷。不就是骨折了，皮外伤吗？"野火烧不尽，春风吹又生"，她咧咧嘴。

她不让男人通知她认识的任何人，尤其亲人。亲人们离她遥远，她不想让乡下的父母为她担心……最后一次探家时，家里多了一条站都站不稳的乳狗，母亲给它取名小少，现在，母亲也许正坐在后院槐树下，补衣物筛拣米虫呢，小少跳起来该能咬到人鼻子了……伤筋动骨一百天，平多一口气请了一个月病假，等她销假，岗位还在不在，就不知道了。她不担心这个。漂泊的生活，平多早已习惯。不就是要换一个工作么，平多举起手，指头根根圆润，只是失了血色，看上去白得离谱……男人大步进来了，提一个瓦罐。

"今天什么汤啊？"

"野菌乌鸡汤，你嫂子怀孕时很爱喝！"男人拿碗，哗哗地倒，"老板眼光真毒，将汤铺开在医院对面，我一大早儿订的，现在才拿到手！"老太太响亮地噢一声，"我订墨鱼牛蒡汤，前一天就得跟老板打好招呼……眼窝就是钱窝呢！小伙子，做生意就得学这样！"

"病人口味最刁，饮食禁忌又多，生意那么红火，说明人家艺高人胆大！别以为病人的钱那么好赚！"

"丫头，脑子独辟蹊径嘛，有想法！就是有时爱顶撞师长，否则打满分！"男人抬眼，手里汤匙仍搅着热腾腾的汤。平多咯咯笑："我哥是老师？我怎么不知道啊！"

烈日烘烤的人行道边，一棵结满布艺品的大乌桕，见过吗？白布扎制的小人儿，细绳勒出脖颈、两臂、腰，一阵风拂来，它们跳荡在绿树繁枝上，天使降临得如此简拙却如此醒目，风情独具，路人们谁不慢下脚步？何况粗大树干上还歪七扭八绑几块原木板，红墨涂描：茶、咖啡、啤酒、矿泉水……

树脚砌了水泥围子，四周散落细格布盖的小圆桌，几把黄蓝塑料椅，总有人坐那儿小憩，喝东西。饿了，就钻进树后超市，买八宝粥、饼干，还有人买酱油、卷筒纸、打火机什么的。露天茶座和超市一个名字：绿树。

平多第一次去绿树，是和王国强叫Tiger的长耳狗一起。狗焦躁转圈，要方便，王国强让司机停车，平多牵狗下来，狗径直往大树脚跑，平多跟着喊："Tiger，不行！Tiger，Tiger，NO！"水泥围子上正坐着三个年轻人，喝啤酒，满桌的花生米、牛肉干。"超市里有卫生间，跟我来。"扭头，平多看见一个清瘦小伙子，温文尔雅地立着。从卫生间出来，平多顺手捡一袋开心果，小伙子收银。接找零时，多一片纸——是张名片："绿树"国国王，付加，下面是电话、电子邮箱什么的。背面是钢笔速写大树，郁郁葱葱。

"你家的树？"平多饶有兴趣。"不是。政府的！它是爷爷辈乌桕呢，我签了植保合同！"小伙子牙齿闪亮。"负责用它赚钱?""算互相利用，各取所需吧!"……

车开了，平多发现购物袋里多了一样东西，一袋酸杨梅。

数日后，平多一个人逛到"绿树"茶座。

刚坐定，那个国王来了，端两杯咖啡。"我好像没点东西。""我自己研磨的，尝尝!""那我请你吧，谢谢上次的杨梅。""客气啥?我是国王，给你最惠国待遇!""我又没跟你建交，凭啥?""嘿嘿，王国强曾是我的老板!""你是007，调查我?"……咖啡下肚，余香不尽。

付加真的是007，爱情007。付加离开王国强的时候，平多还没出现，毕竟主雇一场，付加一直关注着原来老板的事业发展，包括他不断发展的女人们。王国强的车隔三岔五从绿树经过，付加就时不时见到高声大气、有点张牙舞爪的平多。第一次瞥见，他就被一股突如其来的高热激得心头一荡：这样的女孩，也上了王国强的车?……他想方设法摸清平多资料，籍贯、学历、喜好、跳槽经历，等等，了解愈细，愈牵肠牵肺。向来勤谨的他变得不爱待办公室了，喜欢在露天茶座干活儿，算账、盘存、接待、交友……只要王国强车经过，不管忙什么，他都会放下手头事，盯着那车绝尘而去。"你不知道，有时，我真想变成树上的小天使，全天候守那儿!"

"我也不是每次都在车上啊，干吗不直接找我?"

"老板妻，不可欺!"

"切!"……

这些，都是很久后平多与付加闲聊的。

当然一开始，他们聊的不是这些。那时，总是平多说话，付加只管听，顺便剥松子、递颗话梅什么的。付加是一个很好的听众，平多很快对他说起自己的情感近况，和王国强争执啦，旅游啦，看电影啦，和好啦，等等。付加不插言，除非平多缠他，非要他给出裁判意见，他才会瞄瞄树上的小天使，笑笑，开口，而口气永远像高速公路上不偏不倚、无限延伸的绿化带……究竟在绿树喝过多少回咖啡了，平多不记得。总之，她喜欢上这个街头憩园——心灵绿地了，包括琳琅满目的超市，包括那个王，付加。

那次，平多对着菊花茶，一言不发。付加过来了，擎一大杯扎啤，像从撒哈拉沙漠赶来的，叹口气，牛饮。听着响亮放肆的吞咽，看着欢快滑动的大喉结，平多忍不住扑哧一笑。"你改喝茶，我只好喝酒了！"听到笑声，付加说话。"茶怡情，笨蛋！""酒解愁，小姐。""我在生气！喝茶顺气！""知道你心情差啊——"付加又牛饮，"所以我喝酒，替你化千千结。咋了？"树顶上多了一串蓝色风铃，风吹来，叮叮当当，平多看着被天使环绕的国王，"知道我笑什么吗？我在想，你那喉结上挂只小铃铛，什么模样？""Tiger 兄弟呗。"付加说完狠狠补一句，"被你开开心心搂着！"

长耳狗兄弟，倒有些像，平多就盯着付加有些招摇的大耳朵，往里面灌不开心。在专卖店试内衣时，王国强旁若无人说她腰粗："你看你，这腰，没箍的桶样！"叨了几遍，导购员掩嘴笑，两个女顾客老不走，旋来旋去的。平多忍不住，"您肚皮的专用语，我哪敢用！"王国强咦一声，"还听不进批评了？保龄球馆的张老板都说你腰粗！""我的腰粗不粗关他什么事？"事实上平多算不上胖，但的确与时尚的骨感美有出入。"别浪费了资源哦！"王国强有点不悦。很少有人同他顶嘴，尤其公众场合。"身体是我的，我的地盘我做主！""真是身在福中不知福！""只缘身在此山中啊——你也不算庐山，顶多是个超级大盆景！"平多从试衣间出来，竟不见王国强人了……所以平多是从步行街走过来的，走了四十分钟，越想越生气。

"牙尖嘴利的丫头！"付加搔搔脑门，"王国强将你的腰比作什么？""没箍的桶！"

"他是从农村出来的吧？""是呀，湘西的，出土匪也出文人的地方，他家里穷，很早出来做苦工……咦，你以前是他的人，不知道？"

"我就说嘛……他从不跟我们讲他的过去。他给我的印象是从石头缝里蹦出的孙猴子，所有的人他都当山猴，目中无人、唯我独尊，非我族类！"付加说到最后双目如电，这是他第一次放言，言之凿凿。平多耳目一新，解气。

说着说着饿了，两人去餐馆，那一顿吃到食物涌上喉咙，直打嗝儿。

此后，付加的话像开闸的河水。他常主动提起王国强，提醒平多注意身边人的陋习、缺点。果然，平多就发现了王国强的不少劣迹：爱在马桶上留污渍、豪赌、用烟头烫人（对她倒没做过）、夜生活不节制……直至最后说到富士天堂。

平多从邮局寄走两包物品后出来，想到的第一个人就是付加。她给付加打了一个电话，只说一句"王国强和我完了"，就挂了。

她想付加一定很高兴。

就在两周前，付加郑重其事地送她一件礼物，是本包装精美的书，一个民国女子的传奇故事。"爱情传奇噢！"他神秘地笑。晚上翻书，发现里面夹一枚别致书签，干花压制的——是百合，守心守志百合——也是书中女主人公名字。付加曾问过平多，是不是最喜欢玫瑰？她回答百合，如雪百合。书签背面手书：百合有情，绿树有思。不知洒了什么香水，整本书竟散出一缕咖啡焦香。平多花两个晚上看完了，结局美满。

"很有心的小伙子啊，加油！"男人往杯里冲水，"欲擒故纵、步步为营，嘿嘿，有心计，好手段！"

翠叶醋舞，凌空定格窈窕之姿，男人捧着玻璃杯："不赖，真不赖！"他摇头晃脑样子，像春眠后的诸葛亮。

"怎么样，我介绍的地方茶叶不错吧？"

"不赖不赖啊！"男人喃喃的。他嗜茶，已憋了几天，"附近卖的都是陈茶、茶末！"男人抱怨好几次，平多就介绍了河关路的"红墙"茶庄。一大早，男人出去订汤，将三峡毛尖茶也买回了。"红墙——绿树,你是冲着这名字介绍的吧?"他迫不及待地啜茶。

平多微微一笑。

绿树超市和茶座的茶就是从"红墙"茶庄进货的,一直有口皆碑,好茶曾带来不少好利。

一股植物加雨露的气息迸发出来,空气中又弥漫了山水味道,平多盯着那茶,她觉得自己又坐回了清风徐徐、天使流连的露天茶座……

断断续续的讲述,使她苍白的脸渐渐泛起血色。

平多和付加在一起后,都不再提王国强。

生活升起新的太阳,日子如惊丸。

付加在城南有一套二居室房子。第一次去,站在午后强光中,平多感到一阵局促不安,这是和王国强在一起时从未有过的。她觉得羞愧。平多收入里除了寄给父母的小部分,其余都花在美容美发、购物、健身上,到月底总是赤字,糊涂账;单枪匹马闯荡这个城市的付加居然能攒下一笔钱,一个赤手空拳创业的年轻男人买房置业了,还没欠房贷什么的,平多打心里服气。如同雨水欢喜江湖,落叶情归黑土,她愿意和他靠近,亲近。

付加房子在一个安静的小区,盛夏楼道里没有腐烂的垃圾味,更不三天两头地停电停水,迥然于平多宿舍楼的混沌纷乱。小区并不小,四通八达的甬道植满人高的夹竹桃,花色多浅红,朵重枝沉时，人走在里面，感觉被拥得深深的，呼吸都变粉红、绵长了，有时愈行愈有恍若隔世感——平多熟悉这感觉，类似自己对镜发呆一瞬呢……这儿的垃圾箱也与众不同，草房状，有圆烟囱，黄门蓝窗很少污脏，仿佛这儿是桃花源，唯沉积的时光潋滟波动……从东门出去不到二百米就到了平多的公司，只要过来，平多上班从不迟到。所以，每每踏入这个小区，她是心境安宁的，走向付加的房子，身轻如燕。

平多不爱下厨，可不知为什么，一跨入那扇湖绿"盼盼"门，她就洗心革面了。择白菜、洗泥藕，炒回锅肉、红烧鱼块，刷锅洗碗拖地，她干得有条有理、像模像样，一点不别扭。每次晚归的付加回来，看到摆好饭菜的餐桌，喜形于色落座，身系围裙的平多就感到一阵从内心洋溢而出的满足与欢欣！这快乐远远不同于她从前向往、琢磨的带有迷离虚光的那种——也许就是幸福吧。油盐酱醋调理过的幸福。和王国强在一起时，永远在餐馆吃饭；之前接触的男朋友，是他们为她忙碌……平多由此厨艺大长，看电视时，碰到饮食节目，她半天不换台，付加当然不反对，他悠然看报纸。

但有一样活儿，平多始终培养不出兴趣：熨烫。架板、加水什么的，太耗人。付加不嫌烦："刚入门跑业务那阵儿，我每个晚上熨烫，白天气宇轩昂的，多接不少单呢！"他三下五除二将自己打理得笔挺有型，顺便修理平多的，平多的睡衣都被他熨过。他还爱干一样活儿，有事没事擦鞋。"知道为什么那么多人

153

干这行吗？低头看得破！除旧布新，难得一趣啊！"所以，平多的鞋也被他整得光芒万丈，和付加在一起后，她从头到脚从来闪亮登场。平多从不对外提及这些，她独享着蜜制核桃仁的小秘密。

平多的例假有时神出鬼没，丧心病狂。某次被闹钟叫醒，床单桃花朵朵，一塌糊涂……"你上班吧，我来弄。"付加揉眼打哈欠。"糟了，我没准备卫生巾！"手忙脚乱的平多一头扎进卫生间，她没注意付加出门了。等她洗漱完回卧室，桌上多一包卫生巾。"你出去买的？""是啊。超市没开门，我又跑回来，猛拍二号楼小卖部门板，嘿，开了！"一大早一个大小伙子拍门买卫生巾！"你不怕人笑话？""切，谁笑话，我用钱砸死谁！"付加满不在乎。平多忽然鼻子一酸："别对我这么好，行不行？""不行！你不给我做饭了，咋办？"

付加的坐骑是一辆本田125，一匹好脾气红驹，平多也学会了骑。平多常骑着摩托去买菜、兜风，有时奔回宿舍楼。那次骑回去，碰到了圆脸蔡。"真有你的，不玩四个轮子，耍一对轱辘，酷啊！"圆脸蔡长胖了，双下巴颤动似倒立的鸡毛掸子。平多笑笑，叮里当啷掏钥匙，倚住门框的圆脸蔡进屋，瞬间捧两盒酸奶再现，"你能不能——介绍我认识王总啊？"她说着递过来一盒。

"嗯，碰到了我一定说说。他喜欢瘦子哦！"楚王好细腰，宫中多饿死，也许圆脸蔡这次会减肥成功？喝着酸奶，平多偷乐。

不久，她真的就碰到了王国强。

平多和付加一起。王国强带着采采。在"一生一世"酒吧。

该怎么称呼昔日男友呢？强哥？国强？王老板？平多开口了："王总——你的女伴好靓！"采采从洗手间款款而来，采采朝平多笑着，左腕金镯晃眼，走近，是精美的十二生肖图。平多看中过，王国强当时要买，她拦住了："金价在跌呢，过几天吧！"过几天，他们分手了。四人热火朝天"摇骰子"，平多不幸摇出最小点时，两个男人异常兴奋，死盯着罚她酒，仿佛她是作奸犯科的小偷……酒酣耳热，付加掌击吧台："我还没单独和王总喝过酒！今天机会来了，女人们让开，咱哥俩喝！"……

从酒吧回来，零点过了。匆匆冲完澡，付加纠缠平多。"你喝多了，睡吧。"付加不肯，付加的手四处游动，灼热、急躁，像条刚钓上来的鱼。平多拗不过他，他在她身上驰骋纵横了近一个小时，满布血丝的眼珠一直瞪着，像不知疲倦的灯——他把房间灯全开了，顶灯、壁灯、台灯、小夜灯，平多由着浑身酒气的男人，她很不习惯，仿佛还在喧嚣酒吧，听那些倒胃酒话……

"我一直拿……拿你当兄弟，好兄弟！"王国强的脸桃红李白的，倒酒时酒老晃出来。"王总，我真的谢谢你，你教会我打开商场大门！"付加吐词清晰，眼珠是红的，红眼直直盯着王国强。"别看我身边总有女人……女人算什么！算什么！女人如……如衣，常换常新！兄弟就不一样！"王国强伸出一只手，晃着："兄弟，十指连——心啊，连心！"他另一只手拍胸口。"没遇到

155

王总，我还不知道蹲在哪儿呢！……我付加拥有的，都是拜您所赐！""那都是兄弟你自己——出息的！……为我做事几年，帮……帮我接了不少好活儿，我心里有本——账！好兄弟！"两个男人都用一根指头指着对方说话，像战场上血拼的两门炮，炮停火，就摇骰子。王国强输多赢少，他不停地灌酒，咕咕灌酒，喝酒的王国强目光偶尔滑过平多，平多轻易就读出了一丝恼怒，也许还有恋意……两个女人有一搭没一搭边喝茶边聊，谈养颜、明星绯闻、宠物，灌一肚子水。

半夜，平多上卫生间，付加嚷口渴。她给他倒水，喝完水，付加握住她一只乳房不放，平多拿掉他手："你知不知道，你刚才像野马！会踢腾我怀孕的！"这话大概刺激了付加，付加又野性勃发了，翻身上马。

这不是平多熟悉的男人。平多四肢舞动、挣扎着，但很快，她被这陌生的野蛮征服了，呻吟起来……付加汗水淋漓。"给我生匹小公马吧！""要是小母马呢？""再生一个！我家三代单传，我妈一心要抱孙子！""封建余孽！"……

阳光进来时，两人还在酣睡。平多被一阵鸟鸣叫醒，她动动身子，发觉双腿间异样，抬腿下床，那异样更清晰了，酸疼酸疼！昨晚，昨晚怎样过来的？

"我手下美女一茬茬！……相中谁，你……你们大胆追！肥水不流外人田，你说是——不是？"王国强眼睛熠熠闪光，和采采的金镯一样，"美女加美酒，世上最……最好礼物啊！兄弟间会小气礼物吗？当然不会！……就像现在，你……你有你的好女人，我有我的美女，咱还是兄弟，好兄——弟！"王国强趴桌边打起呼噜。他的酒话再次淹没平多。如此男人啊！她亲密接触过的男人，原来和她的情缘不过是一杯水，不，半杯水，冷月倒影……平多觉察后背掠过一阵风，凉凉的，她绷直腰。对面采采索然于男人们酒话，老朝自己身后挤眉弄眼的，平多回首，九号吧台多了三个泼皮，其中一个满臂刺青，披肩发，还戴一只发箍，他正向这边飞吻，对着平多。

……不快的夜晚。全删。

春日余晖像鹅黄的毯，抵住轻寒。一床开始吃晚饭了，铝餐盘盛的，四样菜，土豆烧排骨、煎鱼、四季豆、蒸蛋，说北方话的老太太喝汤声儿每每不凡，"吱——咕儿"，喉咙里像埋着粗粗的消防水管。

男人捧茶，听病床上女孩说话，眼睛一眨不眨，漾着温温的诚挚、关切——平多走神了……

多眼熟的情景啊！暮色里，绿树下，侃侃而谈的女孩，俯首帖耳的小伙子，无数行人涌过，无数车辆滚过，不影响他们。他们在二人世界，胡桃夹子踩过的雪地，多情织女铺出的云端……倾诉是彗星，倾听是地球，时间淡开、淡开了，成如梦观众。

平多动动身子，腿有感觉了，有点疼，还有点痒酥酥，是在生长新骨新肉呢——她被重新结构，在被送返途中……这个抟土

157

造人之地啊！"吱——咕儿"，那个消防水管老太太！

"饿吗？先喝点汤？"男人拉桌上保温瓶。

平多摇头。她犯腻，七天了，老喝汤，油汪汪的。

她想吃青菜了，吃炒嫩笋、白菜秧，吃母亲腌制的酸黄瓜丁，吃付加做的茄子烧豆角。

付加姐姐出差路过。

付加姐姐在中药材公司上班，她像查验药材一样打开付加衣橱："哟，衣服不少呀！"她饶有兴致地扒平多的睡衣、长裙、牛仔裤："瞧这件，还有这件……真不错！"她的手最后停在白底泼绿韩版连衣裙上，"我俩身材差不多呢！"付加姐姐牵藤一样牵出长长裙带，平多尴尬点头。她知道此时最该说："试试，合适就送你！"平多不小气，可她最讨厌与人共享衣物，衣服是女人的脸面，这脸是能共的吗？何况它还是付加送的生日礼物，才洗过一水。平多不肯吱声，付加姐姐表情僵着，很快，像药物过敏脸发烧的病人。付加接话："这是台湾货，王子商厦买的，平多说等你来了，一起去逛逛！"三人直奔王子商厦。平多熟门熟路导购，付加姐姐最后看中了两条裙子，一件绣花衬衣，一双漆皮鞋外带一条丝巾，满载而归。

"钱包瘦啰！"送走付加姐姐，平多拍付加的包。付加拍她脸颊："还不是为了你这儿！小气鬼！"

"不是你姐吗？花你的钱天经地义！""我姐怎么啦？我去她

店里买果丹皮，她又不会给我人参！这是为你花钱！"

平多一拳擂他肩上："不行吗？你不为我挣钱为谁挣？"

"当然是为我儿子挣啊！"

"哼，就不生小孩！让你一辈子只疼我一个人！"她一路追着揪他耳朵……

和付加在一起，平多真的很放松，有时甚至有过于舒服的那种羸弱。那感觉近似失去抵抗力的沉醉，它不同于和王国强在一起时的迷醉——它驱赶了平多心中常泛起的丝丝缕缕迷惘，让热衷漫步探访的心踏实下来，从此由树梢降落大地，节奏稳定地随季节律动……

付加姐姐走后的第三天，付加母亲来电话了，她要求见见未来的儿媳。

"丑媳妇要见公婆啦！"付加贼眉贼眼，"怎么样，下月随我回河南拜见？""要是——要是将来生个女儿咋办？"想到以人口著称的付加家乡河南，平多忐忑。付加说过老人想抱男孙，平多理解乡下老人的固执，想想自己父母，何尝不梦寐以求地想要个儿子？可惜，早两年出世的哥哥夭折了，到现在，每逢清明父亲都涕泪涟涟，说愧对祖人……"你没睡醒啊？我们活在黑客时代！你生一个像我的就行，管他雌雄！"付加敲她的额头。平多咯咯笑："黑客？生一个河南小黑客！"她又揪他耳朵。

八字才一撇，干吗想那么多那么远呢？是自己太在乎这个男人了，连带在乎那个从未谋面的河南老太太……一瞬间，平多觉得自己肩负了一些东西，一些与幸福有关又像无关的东西。这是以前的自己吗？以前那个白百合般单纯、爱做梦的女孩呢？

两人没按原计划去河南。

平多母亲来了。是父亲陪着来的。来住院。

平多母亲查出恶性肿瘤侵犯大血管，须及时进行血管置换。家乡医院无法做如此复杂的手术。

父亲带来了所有积蓄，加上东拼西凑的，手术费缺口仍有六七万。母亲刚过五十岁，向来饭量好，走路比父亲都快，偶尔着凉了，几碗姜糖水就能对付，连她养的鸡、猪都和她一样，从来欢欢实实，她从没进过医院……平多措手不及。人生有多少关口，是不是候着有准备的人呢？岁月狙击手，就埋伏在沧海桑田的鸟鸣处、溪声里——从懵懂中惊醒的平多奋力抵抗，四处联系同学、同事，无论亲疏，只要肯借钱，她都感激涕零……那些天，平多明显憔悴，走路轻飘飘的。付加握着她手安慰道："有我呢，有我。别急，别急，总会有办法的。"

每天一下班，平多匆匆忙忙往医院赶，到达前准备好轻松笑脸，母亲正做术前各项检查，她还不知道手术费是笔天文数字，父女俩一直瞒着，试图愚公移山。

移山的还是付加。那天，平多满头大汗回来，她筹到一笔款，向过去女房东借的。平多租住过女房东一楼住房，那次，刚进屋，她就闻到浓浓煤气味儿，仔细查看，发现是隔壁飘来的。隔壁住着房东，是简易自建房，同平多的厨房通一扇小天窗。平多赶紧叫来卖冷饮的房东，竟意外救出她睡在家的儿子……"你拿去救急吧。这是我儿子下学期学费，到时再还我。"平多满口答应。可三个月后就是下学期了，到时如何补这窟窿呢？平多一路口干舌燥……付加在家，他在满室钢琴曲里煮咖啡。起码半个月了，平多没闻过咖啡味儿，她心急火燎地奔忙在医院和筹款路上，付加也很忙，那段时间他们一直叫外卖，厨房都积了灰。

付加递她一杯浓香咖啡，同时拍出一样东西："七万，够了吧？"

是张银行卡。

平多瞪着一脸平静的男友。变魔术的男友。"付加超市"的流动资金顶多能抽出两万五，再抽，就得关门了。

"别这样看啊。这些天你没注意，横汀路的惠商量贩店开业了，后街仁美超市天天搞低价促销……竞争压力太大，生意难做！刚好有人看中那块地，出价不错，所以我干脆把绿树卖了！"付加啜着另一杯咖啡，优雅："你尝尝啊，加了柠檬的！"那悠然模样像极了绿树上的小天使。

班得瑞的《琉璃湖畔》如春日细雨，平多觉得四周湿润起来，湿润润的钢琴曲，湿润润的人儿。"怎么不和我商量？"

"你看你嘴角都燎起泡儿……再找你，我就成刽子手了！"

"那么多存货你怎么处理的？"

"好办。我的供货商们大都是朋友，退回呗。实在退不了的，我搞了绿树有史以来最大促销活动，被抢购一空……痛快，真是痛快啊！"

"那你以后干啥？"

"转行啊。我是什么人啊？！我早就着手其他项目考察了……目前股市正火，先炒炒股吧。正好有时间，还可以帮你照顾照顾母亲。"

付加怎么也擦不干净平多的泪水。"真好，你真好！真的，真好……"她不停地说，她的眼泪掉进热气腾腾的咖啡。

手术前两天，一个硕大消息砸来，如同当初平多骤然得知母亲患病噩耗——检查结果显示：肿瘤稳定，目前不需要手术，她现在的症状是高血压引起的。

握着一纸定论，平多放声大哭，哭得全身发软像熟过头的番茄，又像家乡土路上那些吱嘎不止、奔驰不息的老式自行车……那个黄昏，她就那样带泪睡着了，一直睡到次日清晨，晚饭都没吃。

红红夕阳还在，枝繁叶茂的乌桕还在，还有熟悉的砌了菱形花纹的水泥围子，只是，都孤单落寞了。再没有人坐在那里悠闲地喝茶、喝咖啡，再没有人有事没事对着青枝绿叶出神发呆……红蓝塑料布围了一大片，平多站在出入口观望：超市后面的服装厂空荡荡，左邻右舍的理发店、玩具店拆了半截，超市仍健在，卷闸门不见了，满地的纸、塑料袋、缺胳膊断腿门框……施工蓝图挂在新垒的护墙上：青龙水榭住宅区。平多不愿多待。

离开时，踩中一样软软的东西。是个小天使，绿树上的飞天。平多蹲身捡起，白布污脏了，还沾着一颗烟头，勒出脖颈、两臂、腰的细绳松脱，看上去，它像位被岁月剥尽美好的邋遢老妇……风来，乌桕飒飒作响，哗哗、哗哗哗，平多没抬头，只是将手朝后摆摆，消失得飞快。

"你的新投资项目考察好没?"

"嗯，差不多了——现在是最佳启动期!"

"是啥?"

"猜猜!"

"餐饮?"

"NO!"

"五金建材?"

"不对!"

……平多一连猜了六七个，都不对。"到底是啥嘛!"她使出撒手锏，揪付加耳朵。

"笨笨，当然是结婚啦! 我人生中最重大完美的投资就是——娶你!"

"有花堪折直须折，莫待无花空折枝。"男人的脸和语声一样柔和。他目光飘忽了，落在很远的地方，"该听结婚进行曲了! 春天进行曲!"

平多看着嘴唇潮湿，有些分神的男人，"你——结婚的时候是春天吗？"

"春天。春天。芳草连天，柳条绿茸茸……我的新娘从皖南来，像刚掰下的玉米，饱满、纯净，还带着露珠……她眼睛很大，光彩照人，尤其是凝神和生气的时候，所以学生们怕她又喜欢她，她瞪眼时，像要射出激光，嘿嘿……她教美术，喜欢打乒乓球，我经常陪她打，她球技不错，可打不过我，输急了她用球砸我，围着球台赶，活像宇宙大爆炸时的小行星……临近毕业，她对着我画速写，将头发描成一条条抛物线，我说我有这么凶吗？她答，比这还凶呢，不然怎会将系花缠到手？……嘿嘿，倒是，我跨校赶跑了三个情敌！"

男人像被平多感染，激情插叙如同马术赛场上盛装舞步。平多听明白了，男人的妻子和男人曾就读于相邻的两所高校，毕业后志同道合去同一所中学教书。

"你是语文老师，还是教物理的？"

"我们搬进了新房子。有家了，自己的家，到处挂着她的画……我们轮流下厨，她拿手的当然是皖南名菜，比如和李煜有关的徽墨酥，比如用鸭掌、鸭肠、鸭心做的掌中宝，很有嚼头……我会做快餐，炒粉、炒面、炒饭花样翻新……那些日子我们变成小猪，很能吃啊！"男人吧嗒嘴，沉浸在让平多动容的满足里。嗑瓜子的消防水管老太太打了一个嗝儿，一个很悠扬突兀的嗝儿，接着又是一个，又一个，没完没了……

仿佛冷不防被卡脖子的晨啼公鸡，鸡冠泛白，浑身的毛都奓起——男人松弛的腿屈起了，要站起来，平多瞅见他双拳紧握，没有风，额前几根头发直立，眼珠瞬间变成风化岩石——天啊，他是教化学的！他要现场示范化学反应！

"嗯，小猪，快乐小猪！我和付加很快都胖了！"平多兴奋做同谋、催化剂，她试图让这个化学反应逆向发生。

幼稚型卵巢伴先天性子宫畸形。

平多连续跑了四家医院，每家结果都一样。什么叫意外？这就是。

平多做梦也没想到自己会不孕。

要是不做什么婚检，不与那个梳卷心菜发型的女医生见面，不进 B 超室，也许，也许已经和付加结婚了。可是，谁又能保证那就是一段稳固的婚姻呢？

谁能保证？

要来的，无论如何都不可阻挡地来。鼻青脸肿、头破血流地来。

佳期已定。付加请在深圳打天下的老同学，一位事业有成的设计师，给新房设计一套方案。方案来了，两人叫绝：打通后的阳台多了一间漂亮婴儿房，原来的书房兼有空中小花园功能……两人搬到平多的宿舍，付加房子变成热闹工地，准新郎每天骑着摩托在宿舍楼和新房两边欢跑。平多的不孕像新换上蓝地砖的四壁游荡水母的卫生间一样令人难以置信。

油漆少了。卧室两面墙素面朝天。

"……那是德国产品，断货了……噢，这一种卖得也不错啊，更便宜！"卖漆老板热情推荐。"我从不狗尾续貂！"平多盯着对方的酒糟鼻。老板笑容不减，瞅一旁的付加，付加一直在研究老板递过去的烟，不点火，不答话。"那——要等一个月呢，一个月后才到货！"老板中气十足。又有人进来了，老板老朋友一样撺过去。好像是笔肥单，老板的脸很快和鼻子一样红了。付加蹀过去，递上自己揣的烟，老板接了，"要不——你们去恒发看看？他们是连锁店，说不定，说不定能找到这款漆！"他很快点上。那是根大中华。

恒发是王国强的天下，几年前付加就在那里做主管。本田125在建材大世界轰轰绕了一遍，两次经过恒发，两次，付加看都不看一眼。

两人无功而返。

装修暂停了。

看好的家具预付了五百元。平多又逛家装商场，看中另一套，价格比原来订的便宜一千。平多领付加去看，兴冲冲地说着如何将预付款原额要回……半天没人答话。付加又落后面了，心不在焉，局外人样。那些天，他总这样。

"真的不能接受，我们分手。"

"不是，我不是这个意思……我很难过我母亲那一关，毕竟我家三代单传啊。确实，我也挺喜欢孩子的，你知道……你总得给我时间，让我消化吧？"

这是第一次关于不孕话题短兵相接。瞬间，实力昭然。

三十天了，油漆仍缺货。

两个半月了，情况照旧。

也许，生产油漆的那家德国公司破产了，也许厂家失火了，将一切化为灰烬，包括制造神奇油漆的配方……

接下来的几个月，平多不再追问油漆消息。付加也忘记了。

两人狂欢。因为不操心平多意外怀孕，付加像火红的地下岩浆，随时随地喷发。宿舍里转不过身的卫生间，公园水渍斑斑塑像后，光影暧昧的影院，不熄火的摩托车旁，甚至高速公路上，这让平多感觉很不舒服，不舒服的平多不出声地配合，包括他不屈不挠、古怪复杂的动作。一次，从沙发上爬起来，平多觉得刺痛难忍，刀割针扎样，检视身下，血迹赫然！医生开了很贵的药，告诫平多：至少要禁三个月房事，且以后动作都不能太激烈。

平多将医嘱告诉付加，付加笑了，两嘴角扯得很远，像头刚下仔若无其事啃竹笋的大熊猫，平多第一次见他这样笑，笑得她心慌。

"我怕我忍不住，我还是——搬回去吧？"付加征询平多的意见。他在擦鞋，老人头皮鞋，擦得能照见平多微微眯起的双眼。

付加搬了。衣物、航空证券杂志、充电器、保温杯、牙刷，还有摩托车头盔，搬回他自己房子。那个装修了一半的新房。

……生活在倒退，一切像碟片在快退。来不及思量原来是如何成为原来的，来不及回想当初泛着粼粼波光的细节。有什么东西压着那片宽阔生动的水面，记忆之鱼们不肯跃出，不肯搅动凝滞无风的空气，它们全潜伏在水底，睁着圆圆双眼。

两人一周内会吃个饭、喝茶、喝咖啡。后来变成一周一次，两周一次。再后来，一月难得聚首一回。付加经常离开这个城市，去周边山区，去外省，他在考察一个颇有前景的农产品加工项目，摩拳擦掌开创事业新天地。平多衷心祝他一切顺利！

平多自己不太顺利。

就在不久前，她得罪了公司老板的小姨子。那天，一个戴着大耳环的黑女人闯进来："给我拿三千！"她拍出借支单。"对不起，这要总经理签字。""看清楚，是副总加老板娘签名！""这是财务规定，如来画押也不行！""有毛病啊！你不想干了？"黑女人大嘴像挂错地方的耳环。"这儿不欢迎有病的人！请你出去！"平多面如寒霜。半小时后，她接到电话：作风粗暴、有损公司形象，季度奖没了；想坐稳这儿，得学乖点……搁半年前，平多会据理力争，照章办事，凭什么不奖反罚？话不投机，她会拍案辞职！——现在，现在平多老实，敛声静气，像荒郊野岭的一块陨石，冷眼冰刀霜剑。黑女人再来，顺利拿走了钱，她恶毒得意的絮叨，平多充耳不闻。

平多对外界少了许多兴趣，变得专注于自身。她因此发现了一些可喜变化。比如，恢复公司、宿舍两点一线生活后，没恢复早上迟到的老毛病。以前老睡不醒，全靠闹钟，甚至闹钟都不管用；现在，不知从哪天起，六点一到，鸟儿样睁眼、扑棱翅膀了，再也不用急慌慌的，像条吞饵的鱼，兴致来了，还能安步当车去上班，享受一路晨光。还有更开怀的，下巴尖了，锁骨史无前例钻出，穿吊带装、小背心绝对是道好风景，可惜夏天遥远……明察秋毫的圆脸蔡向平多虚心请教减肥秘方，平多倾囊相授：少吃干、多吃稀，吃带皮苹果，享受寂寞。

一个寂寞的周日下午，平多胳膊搁在石灰剥落的阳台上，看楼下几个花花绿绿的小女孩跳皮筋，她们边跳边唱："马兰花，马兰花，马兰开花二十一／二五六二五七，二八二九三十一／三五六三五七，三八三九四十一／四五六四五七，四八四九五十一……"多么匪夷所思的计数方法啊！这些数字和马兰花有什么关系？为什么这样数？"七五六七五七……"清脆入耳的童谣让平多渐感亲切，很久很久以前，她也是这样快乐啊，快乐地跳着皮筋，快乐地唱着歌，从来不会想：为什么要这样？为什么不那样？……不想纯真之外的事。

"王国强——知道你不孕吗？"

"天哪！你趴在那儿，像根指南针！"

指南针？平多眼睛竖起来。

自称平少的男人一只手臂竖起，仿佛握着粉笔，而平多是块黑板："你知不知道？满地的血啊，满地血！像起了火！发红

169

水！血腥气两站外肯定能闻到！我刚靠近，鞋像沾在重油上，我一步一个血脚印，一步一个，啧啧，凶手一样……我数了数，二十三个血脚印呢！二十三个！那样，那样的血脚印——你一辈子都不可能忘记……司机卡在驾驶座上，手从破碎的挡风玻璃挤出，血淋淋的，还夹根烟……你知道你是什么情况吗？你甩出来了，落在窨井盖上，右手笔直指着南方，你身上白风衣染成香山红叶样……你的包在车尾四五米处，根据力学原理——的士起码旋了一大圈对不对？"

男人说得急，鼻孔张得很大，像还在车祸现场。平多屏住气听。

当时，当时天旋地转啊，电光火石……平多印象最深的是隧道。很长的山腹隧道。隧道里的灯永远幽暗，两旁一闪而过的施工支洞仿佛一户户人家，每每从车窗看它们，平多总忍不住想：这里的住户怕是山魈移民吧？他们喜欢车水马龙全新生活吗？……司机很年轻，似乎有小胡子，山魈也长胡子吗？想到胡子时，平多才感觉异样。男人已安静半天了，一直紧盯她，捏着白净下巴。

他捏着下巴弯腰，医生一样："你那时，想死吗？"

"什么？"

"你那时好像，好像不太想活了。我知道，是不想活了……手机电池就在你眼前，你硬是不说！你眼睛有神，睁得那样大，我都看见了，看得很清楚。我刚买一包烟，走到建行门口，就听到后面吱——轰！……你看着我走过来，你看到我了，还对我眨了眼——不过，你那时把我当成了轮胎，满地碎玻璃，夜风，是吧？你那种眼神，我懂！三魂走两魂……你手机真好，壳摔成两半还没摔坏，我当时真担心就是找到电池了也打不通110！我收拢了你的钱包、身份证、口红，到处找电池找出一头汗！电池在你跟前，你一动不动、一声不吭，只顾看自己手腕，你手腕汩汩流血，像没关紧的水龙头……你告诉我，你那时是不是很想死？是不是?"男人双目炯炯，热切得要冒出水蒸气来。

"王国强——知道你不孕吗?"平多被这个问题缠绕，缠得心神不宁。

为脱身，她决定探访富士天堂。

"怎么关心起这个问题?"付加第二次问时，平多反问。"我现在最感兴趣、最关心的是我未来的投资项目……"付加慢条斯理地往喝剩的咖啡洒方糖，"吃过魔芋吗？它是联合国卫生组织确定的十大保健食品之一，能散毒、养颜、通脉、降压、减肥、开胃，但全株有毒，必须经过加工脱毒……它从中国传入东瀛，目前研究利用水平最高的就是日本，魔芋加工在国内极具潜在市场!"付加侃侃而谈。他真是一个出色的商人，听得平多都想投资。

咖啡喝完，该分手了，付加神秘起来："你知不知道？采采是王国强常吃的魔芋!"平多甩个响指："旧闻!" "那你知道王国强为什么不娶她，将她收进自家厨房吗?"平多愣了愣，付加便很有内容很有意味地笑，笑得像他那次打算搬走征求平多意见一样，"因为，嘿嘿，因为她居然双乳大小不一样! 所以只能上富士天堂的餐桌!"

平多到达富士天堂时，太阳像张刚烙熟的饼摊在远处山肩。她披着灿烂晚霞，从员工小门进去。沿路经过的服务生、保安只是瞟瞟风衣如雪的女人，他们匆匆而行，都拿着饭盒。平多径直往曲里拐弯的包房走廊走，小姐们一般集中在尽头的某间房就餐，她参观过一次。

包房太多了，门都紧闭，平多糊涂了，上次见过的聚餐室在哪儿呢? 一扇门无声打开，一个穿鲜红低胸吊带裙的高挑女孩闪出，漠然看平多一眼，白花花的长腿很快消失在走廊拐弯处。空气清新剂的味儿很浓，平多有点说不出的紧张。阿——嚏! 她再回头，那扇门里又出来一个人，一个领带松垮、正擦着鼻子的男人："咦，你……你叫什么?"男人又打个喷嚏，喷出浓浓酒气，平多加快脚步。"站住，我给小……小费!"平多小跑，男人兴起直追，他居然揪住她了，平多尖叫一声! "玩什么呢? 哟——李总啊!"

采采的声音。

制服谨然的采采观音一样从天而降。

"采……采经理，这位小姐不听话! 我——投诉!"男人像受了委屈的小孩。"李总龙马精神，就是眼花，我们这儿靓女您熟得像自家楼盘，没见过她吧？她不是这儿的！阿惠望穿秋水呢，阿强，送李总去四一八号房！"一个小伙子扶男人走了。平多感激地看着采采。

"其实，其实我和你们一样，喜欢零食、漂亮衣服、蹦迪……巴以冲突和我有什么关系？11月4日是我生日，我特别查过历史上的这一天……也许我是某件大事的编码呢——蝴蝶效应！这词听说过没？所以，我知道以色列前总理拉宾在1995年11月4日遇刺！"

采采挑挑眉，对平多的突然告白没表现出过多惊奇。"你想知道什么？"

真是一个聪明女人，很快猜到说出一个秘密是要交换另一个秘密。

"王国强——知道你不孕吗？"付加问过两次，中间隔了两个月，每次问，他都若无其事。平多看出来了，他其实很在意答案。他是个如此锲而不舍、进退有度的人，像他把握商机、冲浪商海一样，一言一行无不深思熟虑而又风度翩翩。王国强为什么不娶采采？他掌握了；他还想掌握"王国强——知道你不孕吗？"……

王国强当然不知道。可平多不想回答。这个问题本身太有问题。

付加、王国强—— 一对寻常而奇怪的关联词，关联到什么程度？有闲日子里，平多反复咀嚼，像咀嚼兰花豆，嚼来嚼去，味蕾迟钝了，废了，分不出味道！分不出、辨不清的茫然和类似失重感，让平多感到前所未有的惶恐！她觉得自己一时失足滑进枯井。莫名其妙的黑暗深处。

她要爬出来。

"付加光顾过这儿吧？别告诉我，他没来过……我们都快结婚了，功亏一篑，最后还是吹了！"平多一口气说完，很坦白很真诚，"我得重新开始。我不想背着一些废铁一样的旧问题开始新生活！没有哪个女人愿意整日活在淤泥里，都想上岸，对不？他——常来这儿吗？"平多描了复杂眼影，烟熏妆，眨眼时媚惑平添，竟有几分神似采采。

"替客人保密是我们这儿的纪律。再说，人那么多，谁记得谁呢？"采采吹出一口烟。

平多的脸忽然红了，红得要发出哔哔的响声："付加说你两只乳房大小不一样！因为这个，王国强不要你！"

采采将一口烟吞住，半晌，*丝丝缕缕蓝雾溢出口鼻*："他，对你说这个？我原来一直觉得他和别的男人不一样……有能力有风度，能屈能伸！见过那么多男人，我真的欣赏他——你很有眼光啊！"采采声音变轻了，顿住，菩萨一样注视平多好一会儿。"他以前的确从没来过。半年前开始的吧，第一次是阿惠接待的，他喝了很多酒……他最喜欢湘妹子……都说他出手大方，会疼人，真是不鸣则已、一鸣惊人啊！"喋喋不休的采采突然咳嗽，躬着腰，咳得惊天动地，平多拍她的肩、背，摁灭她手中烟。平

174

静后，给她递上茶水，采采喝几口，嫣然一笑，抖出数年前付加一则旧闻。

付加在王国强手下干得风生水起时，得罪过一个大客户的女秘书，当时是酒桌上，女秘书拂袖而去，对之言听计从的客户尾随走人。"自己屁股自己擦！让他们回来！他们不回来，你也不要回来了，给老子滚蛋！"王国强铁青着脸。付加追出包间，打躬作揖说尽好话，两人不闻不顾，眼看要出酒店了，"请给我一个机会！"他双膝一屈，跪下来了，付加在宾客满座的大厅跪下来！顿时一阵骚动，吃客们纷纷围拢当看客，听到喧哗的采采也走出包间，她目睹付加直挺挺跪那儿，一只手拉住女秘书的包……他们僵持了起码一刻钟。付加长跪不起，赚足面子的女秘书和客户终于回来了……

可能吗？将洁白小天使挂满乌桕的"绿树"国王，自制百合书签标记爱情词典的男人，下跪了，跪一刻钟！在酒店里，众目睽睽下！

——平多后背阵阵发凉。

什么东西打翻了。颠倒了。

满院红玫瑰，满树小天使，都是战马，蒙面士兵，夕阳下血雨腥风、血肉横飞、血流成河……

一些东西"接活"了，蜈蚣般蠕动；一些东西寂寂倒毙，尸骨不存……

平多发愣。

175

坐在对面的采采像来自火星，她一丝不苟的高髻饱含多少宇宙秘密！一闪一闪的信号如此诡异："你不信，可以问王国强的司机赵大友，他当时也在场，他很会劝酒呢……"赵大友，那个跟了王国强多年的司机，平多当然认识，她坐过无数回他的车，他永远有口臭。

中间不停有人进来或有电话找采采，都没影响采采勃勃话兴。

"他很受欢迎，因为他从不喜新厌旧，不挑肥拣瘦。他和你刚才碰到的做房地产的李总拥有一个共同雅号：绝代双骄！"

"什么叫富士天堂？富人的天堂！他发誓好好挣钱，挣比王国强还多的钱！"

"他说要泡遍王国强所有女人！泡他最得意、最体面的女人！……唉，连我都没放过，死缠乱打！瞧，他送的不值钱玩意——我呸！"采采将下手腕上同心结红绳，准确扔进垃圾筒。这东西平多也有，套脚脖子上的。

"你不要紧吧？要不要我帮你叫辆车？"采采话很多，这是最后一句。"不用，"平多像刚才喝多了的那个李总，头重脚轻，她没忘说，"谢谢。"

司机是位二十左右的小伙子，红黄发，出租车滑过来时，伤感的《今生不再》滑来，平多一激灵，黎明主演的《玻璃之城》主题曲。

当初，在如泣如诉的音乐里她被美丽爱情感动得一塌糊涂。

熟悉歌声里，平多努力回想着黎明、舒淇演绎的动人故事，竟想不起情节了，只有两张青春无瑕的脸⋯⋯

零点二十，钻出幽长隧道，平多目光曾滑过计时表。灯火璀璨的出口转盘处，疾驰的出租车发疯似的连做两个三百六十度大旋转，翻了。

刹那，平多觉得自己飞起来了，灵魂出窍，腾云驾雾，悠悠落地，然后嗓子发甘发紧⋯⋯她没觉察到疼，一点都不疼，只是全身似一匹撕烂的布，找不到骨头了。

楼房、树、马路护栏，全是红的，红海洋，红世界，脖子像在老地方，平多拼全力终于就着毫无知觉的摊放的右臂抹抹眼睛，视野清晰些了——车子四脚朝天，红黄发司机露出半个背，一动不动，像死了。平多左手腕绽开，翻红吐沫，如婴儿哭泣的嘴⋯⋯平多瞪着那张嘴，不依不饶、撕心裂肺的嘴！哭吧，哭吧，尽情哭，流干红泪，流尽所有失望、绝望、希望，就可以做天使了，前尘尽抛、无忧无虑的天使！

有人过来了。

一个男人，抓着烟的男人。他小心翼翼地踩血。他捡起了血泊中的身份证，在路灯下察看，然后捡钱包，捡摔破的手机⋯⋯他好像在找什么东西，找什么呢？他想干什么？趁火打劫吗？平多很想问问。她刚张嘴，眼前一黑，什么都不知道了。

梦游一样度过两个周末。平多的脑袋拆线了，没留下疤，她

177

很满意。摸摸松绑、自由的脑瓜，平多情不自禁地想：悉心陪护的男人说不定真是哥哥！为什么不可能呢？他像太白金星样降临，她就活过来了，生命被重新追回！——平少，那个早出生两年，没见过面的小男孩叫平少吗？母亲没说过他名字，只说是得脑膜炎夭折的。这位平少有着怎样与众不同的人生呢？他是如此不凡！——报警、陪护、向公司请假、应对交警、找保险公司，一切都打理得井然有序、有质量。平多真的很想亲热地叫他哥哥，她看着为她端茶倒水，听她喋喋不休的哥哥："你的故事呢？"

第一次，男人不回应她的话，他转过脸，对着桌上瓦罐。仿佛他是里面凉透的剩汤。

"你有故事吗？"像所有调皮小妹，平多不肯罢休。

男人牙疼般愁眉苦脸。

"你告诉我你的故事，我就告诉你，车祸时我究竟是不是想死！"

男人双眸一亮，像窗外爬升的太阳！

平多低首，平多无法与之对视，莫名地，她感到一阵心悸！太阳灼烤着她，太阳灼烤着白色床单、枕头，灼烤着撒欢滴落的药液，被胶布固定的针头……

"我亲爱的妻子——"他开口了，像开封的胶水，"她自杀了。是自杀！她那样想死，吞了整整一瓶安眠药！那是我的药啊，我的药，那段时间，我失眠厉害……那天我为什么要回家呢？那天上午我有课，我却鬼使神差跑回家……鞋架上有一双四十八码皮鞋，我一眼认出，是我哥的……我哥当年考上县一中，家里供不起辍学了，他发誓要让我上大学，他什么活儿都干，采药、挑河沙、当搬运工，练就一双大脚，后来能当上老板全靠他能吃别人吃不下的苦……屋里没人，卧室有声音，那门没关紧，我应该扭头就走，是不是？可我推开卧室门了！……我妻子，我妻子已怀孕四个月！她和我哥躺一块儿！我哥滚下床，鸵鸟样跑了……我妻子对着我跪下，就在床上。我问她，孩子是谁的？她说是我的。我又问，孩子是谁的？她说是我的……一直问，一直答，直到天黑，直到月亮升起来，四周坟墓一样安静。我看见我妻子的眼睛里有一对小人儿，可怜巴巴、痴痴呆呆的小人儿，像朽木不可雕的学生，我使劲瞪他们，瞪着瞪着，饿了，发疯一样饿，我从没感到那样的饿！我到客厅泡方便面，吃半碗，就歪沙发上迷糊过去了……我真不该睡啊！真不该！"男人挥双拳猛击自己后脑，像捶打地痞流氓。"是偏头疼吧？我有药！"一床丢话。

男人住手了，男人抬起头来，愣愣地看平多："你眼睛不大，可眼神——真像她！"平多眨眨眼，又眨了眨，"后来呢?"

"后来——她一直待在卧室里。外面有赶着上班的脚步声，我醒了，我们也该去上班了，她有课。我去叫她，却怎么也叫不醒……她面如桃花，泪痕狂乱……卧室门一直半开，那个夜晚我只要站起来，就是坐着歪歪身子，扭头就能看到里面情景啊，她手上还抓着药瓶！红色药瓶！一尸两命……你说，她到底是不是真的想死？是不是想死？——你那时，是想死吗？"

初夏，平多换一个发型，绞了齐肩碎发，修成菠萝状，还挑染了一部分，看上去清爽、活力四射，也更好打理了。为配新发型，平多煞费苦心穿一套短装，果然得到同事们夸赞，连老板都眯起眼，说体现了企业更快更强精神风貌……伤愈回公司，岗位居然还留着，这使平多意外，更感动。以前是自己太青涩较劲了，结果倒忽视、差点错过生命中那些至关重要的美妙的可曲可弯……没来由的，她想起很久以前放生的那只小龟，都说龟寿天齐，它还好吗？

趁着心情好，平多去通讯城买了一款新手机，诺基亚，都说这牌子经得起折腾。

第一个电话，拨谁呢？

付加吗？很久没与付加联系了，听说他已把房子卖了，正全力以赴投资魔芋加工项目，厂区远在川北，不知道他还回不回这个偶见乌桕的城市。或者拨给远方父母？该问候一声他们了，尤其是母亲，不知高血压怎样了。掂着新手机，平多最后决定拨王国强的号。她要打听一个人。

出院前最后一个周日，平多见到了熟人，赵大友，王国强的司机。赵大友来探病，探一床，赵大友点头哈腰地与消防水管老太太打完招呼，看到平多了，他热烈地与平多寒暄……彼时，男人从外面回来，男人拎一只黄瓦罐，兴冲冲，哗啦！——瓦罐碎了，山药大骨淌一地，男人见了鬼一样，撒腿就跑！

"王国壮别跑，你别跑！你哥到处找你！"赵大友扭身追，差点被汤汁滑倒。

一阵踢踢踏踏的脚步声……消防水管老太太惊得半天说不出话。

后来总算弄明白了。男人是王国强时不时发病的疯弟弟，王国壮。长期以来，建材五金界老大王国强不为人所知地小心翼翼照顾着问题弟弟，期望有一天彻底解决弟弟问题。医生说了，精神科疾病最讲究用心药，王国强为此绞尽脑汁……弟弟是在弟媳自杀后疯的，他就时不时送漂亮女人过去，他想，再找个女人，弟弟或许就好了。可情况正相反，每次见到美女，王国壮都会发病，发得一次比一次厉害……医生都说必须罢手了，可王国强偏不，在这个问题上他更像个疯子，他固执地认为这法子可行，因为它让弟弟有强烈反应，只是可怜弟弟还没碰到那个"药女人"……一个多月前，公安局大扫黄，扫进富士天堂，王国强避风头躲进了弟弟家，哪想王国壮突然发病，发得比哪次都凶，一口咬掉王国强半只耳朵，还从家里跑出来了，身份证、手机等什么都没带……王国强心急如焚，悬赏万元四处寻人。

听到这个传奇时，窗外桃花正开得热闹非凡。一只蜜蜂飞来，在赵大友头上盘旋，赵大友的口臭没了，他被春芳熏染，红光满面。平多记得刚来时，窗外绿化区乏善可陈，倾圮的石凳石几空洞、阴暗……灼灼桃花，已将桃树压歪、压弯，它们就在数米外芬芳，病区石凳变成花团锦簇笑脸，病区石几铺映着灿烂光影，有那么一会儿，平多莫名激情涌动，她很想出去折一枝桃花，折最盛的，托赵大友带给神龙一现的男人，王国壮——平少。

想想，还有件事可以向赵大友求证。是采采说过的。平多脱口而出："你知道——知道王国壮住哪儿吗?"

赵大友挠着头，很为难地说："你问王总吧，王总交代过我不能透露给任何人。"

平多就没为难赵大友。

几天前，她接到赵大友电话了，赵大友语无伦次地说王国壮自己回家了，好人样，还破天荒问起哥哥伤势，还打算做家教呢……平多拨通了王国强电话，没人接。再拨，还是没人接。他不会因为扫黄被扫进拘留所了吧。平多笑起来，想起还欠王国壮一个答案，一个关于生死的答案，她又微微皱起眉。

寻找激情

五峰的茶条索紧秀匀整，汤色明亮，香洌持久，为茶中精品。

不久以前，某个熟悉的人经常这样对我说。我不擅饮茶，我爱喝咖啡。有事没事的时候，我喜欢冲泡一杯速溶咖啡，细细地品，慢慢地饮下肚，那股异域的风味有点像十六七岁时天真烂漫的幻想，喝它时候的走神往往是因为这种微微的、不知所以的沉醉……但现在，我经常坐在遇山的一棵阔叶树下有一口没一口地喝茶，五峰茶。

山下的城市熙熙攘攘，像来之前我在炉灶上煮开的开水，咕咕嘟嘟，一切都隐蔽在一团白茫茫的热气之中。现在，我是一个无所牵挂的人了，我坐在遇山的最高点上思考一些问题，那些黑蚂蚁一样在地上无所不能的问题。

与别人相比，我确实有一些与众不同、莫名其妙的怪癖。也许有人和我一样，只是他们不往更深处说。我喜欢在天刚擦黑的黄昏，从玻璃镜里反观街道上绵延不断的车流，被扯长的灯光如同流星，曳着尾巴极其美丽的一闪而过，近在咫尺的虚幻。我还喜欢在繁华之后的午夜慢慢走上城市的天桥，抚着那微微生寒的铁栏杆，听不知从哪个方向飘来的偶语，看夜行的的士在突然空阔的街道上默默地奔跑，没有刺耳的喇叭声、刹车声，一切安静，城市此时像个尚未入睡的婴儿，她睁着黑溜溜的眼睛，观察黑夜。我的住地离天桥较远，所以满足这种嗜好的机会很少，但还是有那么两三次。其中有一次，我站在四通八达的天桥中心，正大口大口呼吸着穿透霓虹灯的夜气，一个男人向我靠近，我只当身边偶然经过的陌生人，谁知他突然立在我的旁边，说：小姐，你寂寞吗？

我一惊。那些美妙的彩色夜气如同易吓的鸟群，一下轰然四散。

我也很寂寞，小姐，我们下去走一走吧。

我几乎连滚带爬地下了桥。

两只黑夜的幽灵相遇。一只是白色，一只是黑色，他们互相惊吓。那个自以为同类向我打招呼的男人肯定坏了心情。他从某个角落钻出来的时候，一定嗅到了我身上某种与他相似的气味。

我就是这样，喜欢一点点地在生活中沉没，隔开一段距离，又惊恐地想融入进去。如此反复。似是而非。与小石相识是在大二的下学期，我去图书馆还书，他正在选书。他选了一本格特鲁德·斯泰因的《软纽扣》。很奇怪的一本书。翻开都是一些莫名其妙的内容，一些古怪的然而又吸引人的比喻。这位女作家我倒听说过，就是她对当时尚是热血青年的海明威说：你们是迷惘的一代。这一句话后来成了美国某个年代的专有名词。我喜欢这句话超过喜欢作家斯泰因。小石闲闲地挟着这本书，在图书馆的书架间荡来荡去，他撞倒了我，手忙脚乱地向我道歉，他看见了我刚还的书——琼瑶的《窗外》。小石一下子就笑了：你看这样的书？

和小石在一起，我无忧无虑。下棋、散步、听音乐，我们都很能合拍。特别是下围棋的时候，小石常常一开局就占据了有利形势，他执黑，很快一片江山黑压压的指日可待，已见惯不惊的我却见缝插针、投机取巧，屏住气与他缠，往往战至最后，小石的巍巍长城都被我一砖一石地挖垮了，墙倒楣摧，一败涂地……我爱看电影，星期六的下午，小石经常陪我到三站路外的正亚剧院看电影。如《断箭》《人鬼情未了》《黑太阳731》就是在那里看的，不论是惊险片、恐怖片还是令人柔肠寸断的爱情片，有小石的手可以随时随地握着，我就不怕，不怕那些让人心惊胆战的视觉冲击，不怕因为落下了泪无处躲藏而让人看见。每每紧张或动情处，小石总是事先拉一拉我的手，像是提醒。

小石是温情的，也带有一定比例的理性，这种弹性十足的理性让当时的我很不喜欢。比如他入党那一次，为了符合谈恋爱的学生不允许入党的不成文规定，他竟然和我"断绝"了两个月的往来，并信誓旦旦地向老师和同学公开否认与我的关系……虽然事前他都策划好了，但我的心里始终都有芥蒂，总觉得他的入党，有我非自愿的牺牲成分。许多事情一旦沾上不自愿的色彩，就如同长歪的树木，粗看有神采奕奕的样子，细看就看出毛病了。小石不觉得，他认为这件事很自然，长歪的树木照样有可取的地方，他依然对我很好。

更恼火的是另一次。我们在正亚剧院看电影，那天去得很晚，赶的是午夜场。令我惊讶的是，正亚剧院放黄片的传闻被证实了，那天放的就是小电影。小石握着我的手说别紧张，这种小剧院午夜片一般都这样。有小石在，我就不怕。随着那种画面的展开，小石的手伸进了我的衣服。

我们坐的是情人座，三平米的小包间。三面环壁，只有正面一扇小门进出，里面的人看银幕就通过设在门上的一个一尺见方的小窗口，确实适合情人们做点什么。但这种设置也给小剧院带来了管理麻烦，据说许多不法勾当就是在这种既不安全又安全的小包厢里进行的，因此看电影过程中，有时会有一束小小的黄色手电光从窗口射进来，那就是防范。我喜欢到正亚，可能也与这小小的突然而至的手电光有关系，像是给平静的生活制造了一些疯狂，让人觉得生活兴味盎然。在近一年的相恋时间里，除了最后的亲密接触，我和小石该干的事都干了，我知道了男人是什么样子什么形体，他也了解了女人那奇妙的地方。但最后一件事我们都没有做，不是不想做，而是双方都觉得没有到那种非做不可的地步。有一次小石好像到了，但我不行，我总觉得我做这件事应该不是这样的，起码不是这样的，不是这个地点，或者不是这个时间，小石便怏怏地放弃了。

那画面上有女人雪白的腿，很小很小的三角内裤，还有腰圆膀粗的男人。我的耳畔充溢着银幕里肆无忌惮的呻吟。小石的手不断地在我身上游走，他解开了我后背乳罩上的搭钩，甚至学着那银幕上男人的样子吮起了我的乳头，我的外衣还穿在身上，整整齐齐，内里却几乎被他掏空了，小石像个婴儿紧紧地贴在我的身上，我感到了前所未有的全身炽热，我们都顾不上看那撩人的镜头。我们都恨不得把对方吸进肚子里。小石的下面迅速坚硬起来……小石说那时我的手在解他的皮带，我握住了他的东西……这时外面有轻微的皮鞋走动的脚步声，小石一下子停顿下来，像一个被追击、狩猎的兔子，骤然改变了方向。

心里一直拗不过弯，便找碴儿同他吵了一架。小石催着我穿好衣物，其实直至电影结束，那个午夜场都没有人来查。这可能是某种注定，伴着我从女孩走向女人这一嬗变过程的，不是小石。后来证明，这是一件多么让人伤感的事，就像我们的青春。

我和小石始终没走到那一步。当然，那段日子有很多值得怀念的地方，小石的忍让、小石的细心、小石的机警、小石的善良，小石从食堂打回饭，为我剥好冒着热气的鸡蛋，等等，都像童年的某次回忆，珍藏在生命最初的那一个年轮里，让人不轻易翻动。

毕业后，我们就劳燕分飞了。他回到南京，我留在这个四处有青石板小路的小城。最后的午餐，小石将我拥在他的怀里，真诚地哭了，那天立秋，空气凉凉的，同我们的泪水一样。我将那方饱吸情人眼泪的手帕一直保留着，一直到三年之后，不知不觉不见了。

就这样，带着大学里养成的那种懒懒而又充满无限憧憬的心态，我走入了人们所说的狼奔豕突的社会。开始一两年，我过得平静，有规律。我的工作很简单，存钱、取钱，取钱、存钱，一家贸易公司的出纳。老板刚过五十，秃顶，小蜜有比我还年轻的秘书顶着，我不招谁惹谁，很干净利落地活着。我的衣柜里挂着几套价值不菲的套装，深蓝、浅红、纯黑、墨绿，很漂亮，它们都是名牌，穿起来让我信心十足。另外还有五条长短不一的丝巾。我喜欢丝巾，从小就喜欢，它们像蝴蝶的翅膀，总能带给我奇思异想。最初的两年，我的四季因了这些变幻不定的丝巾，轻盈而柔丽多彩。连老板都经常给我笑脸。我的这些行头都是小丽陪我选购的，小丽是我在这个城市里为数不多的朋友之一。

我们的朋友关系一直很好，直到小丽把她的男朋友叶成带到我的面前。我和叶成一打照面，似乎就把对方的心思给挖走了。叶成是一家广告公司的老板，经常做一些成本不算高的转手生意，因做得较早，倒也赚了一些钱，他的精明主要体现在几乎用全部身家，果断买断了当时处在城区边缘的明珠天桥广告发布权。高速公路建成，小城的开发区拓展到郊区以后，他那块地盘从冷僻走向繁华，渐渐车马川流不息，成了抢手的最佳广告地段。明珠天桥，几乎是他在业界的代名词。

我从叶成的眼里发现了那种时刻待机而进的激情光芒，叶成则从我的眼里发觉了汹涌的暗流。那真是一双摄人心魄的商人之眼。

第二天，叶成就支开小丽独自来到了我的小屋。

小丽带叶成来的那天刚好是星期天，次日早上我鬼使神差地请了一天假，铺床。

我从柜里翻出一条崭新的全棉斜纹床单，拉得直直的，铺在床上，然后收拾所有的杂物，书、手电、发卡，等等。收拾利落后，整张床像一马平川的江汉平原，我在上面放了一对藕色双人枕头，心扑扑直跳。那对枕头还是小丽帮我挑的，说送给我未来的男朋友。

叶成来了，我们二话不说，拥在一起上了床，天昏地暗地做爱，从上午九点直到掌灯时分，要不是因为肚子饿了，我们还会这样继续下去。起床后，记起中午只合吃了一袋方便面，都很惊讶。更让叶成惊讶的是，我的新床单上居然有新鲜的血迹，他像看一只断尾的壁虎，似乎有些愧疚。我摇摇头说，没关系，没关系。

我和叶成一开始就知道这种情况不会长久，我们都是易冲动耽于想象的人，于是一碰面就欣喜若狂，赤裸裸地紧紧相拥。这个世界上，某些同类相遇的机会几乎等同于彗星邂逅地球。我很少再与小丽一起上街了，实在是有愧于心。小丽是一个普通而略带狡黠的女孩，她似乎觉察到了什么，不大来找我了。女人的直觉像最敏感的科技探针，男人的天生鲁钝往往斗不过。我们更小心翼翼了，也更珍惜每一次在一起的时间。我们一见面就做爱，沙发、地板、桌面，甚至厨房、浴室、野外，我们能做的地方都做了，我们像丛林中饿急的狼，不把对方撕碎就不甘心。

叶成每次大汗淋漓，歇歇，喝口水就走了，他有许多事要处理，商场竞争不容他喘息，再加上小丽也盯得很紧。他每次都是借口谈生意过来。最登峰造极的一次是，我和叶成午夜逛明珠天桥，靠着他最为得意的某名牌西服的广告牌，在闪烁的霓虹灯下，激动万分地做了一次。那是一个微凉的夏夜，我们一同站在寂无人迹的桥上，观赏路灯下长长的街道，高楼大厦里不灭的灯火，还有夜幕中穿进穿出的红色出租车，那种表面平静的夜一次又一次地被旋风般的速度打破，看着看着，叶成突然掀开我的长裙，紧贴住我，他的下面硬得像南海的礁石，和小石那次在正亚剧院的膨胀感觉突然又回来了，我喘息着和叶成搂着耳语：

我们在桥上。

我要，要的就是这种感觉。我迷糊地呢喃。

叶成的疯激发了我，我的狂感染了叶成。我们在桥上扭成一团。那一次，我一次又一次冲上生命的顶峰，抬头时看见头上的星星亮得像七月的太阳。

自那次后，叶成再也没来找我，我也没和他联络。

我们的这种高压线般的关系终于结束了，失落之余，也大大地松了一口气，想必他也一样。不久，听到叶成与小丽结婚的消息，我送了一份不薄的礼。

祝他们幸福，祝他们幸福。

我从来都不知道五月是碰到童涛的日子。

童涛在遇山的一棵树下拉开领带擦汗，他穿着蓝色的雅戈尔衬衣，一个人站在那里，想着什么，像一棵离群的娴雅的树，非常安静。我想在悬崖边照一张相，身后万丈深渊，脚下如茵绿草，一个年轻的女子侧坐在长满青草的悬崖边笑靥如花，不是很好吗？这是我脑海中好久以来的一个图像，现在只不过是得到了印证。一起来的朋友们叽叽喳喳拐入另一条小路上去了，她们遗下了我，遇山仿佛只剩下我和童涛了。根本没有犹豫，童涛很自然地帮我拍了照，照片很出色，连那满山的鹧鸪声似乎都印上去了。

深紫的衬衣领子一角被风吹得竖起来，身后的悬崖白云缥缈，如同女孩脸上不确定的笑容，紧裹着牛仔裤的腿一条搭在悬崖边，一条支在返青的青草里，这张照片就站在梳妆台的小镜框里，我每天抹口红都能看到它。童涛喜欢赖床，他总是懒懒地待在床上，直到上午近十点半，他以文字为生，写东西，写那种不会获诺贝尔文学奖的东西，什么来钱他就写什么。他很勤奋，常常一写一整夜，很亢奋，所以白天他的精神是萎靡不振的，特别是上午，像个职业妓女。我这么调侃他，他从不生气，这就是童涛的可爱之处，对了，他的笔名是童童，俗得像早晨没倒的垃圾。其实童涛家里有钱，不过在千里之外，他说自己都不能养活自己的男人算什么男人，我更爱他了。

我和童涛在一起属于那种彼此相依的，一生都会在一起，就像结婚多年的夫妻一样，互相信赖、依赖，建立了一种不同于血缘的亲情。这种生活很平稳，我每天准时上班，干自己的一份活，从不与老板顶撞，即使他想占一下我的便宜；我的工资月收入不算高，但发放及时，从不拖欠，过得倒也盈余有度。童涛是个身体力行的男人，房租、水电费基本上都是他在出，我只不过偶尔补充一下生活费。他还有一个好处，不抽烟，不喝酒，且远离赌场，我觉得男人能做到这样已经很不错了。唯一让他痛苦的是，他经常接到一些替人歌功颂德的活，他说干这些活的时候就像自己在强奸自己。

童涛的温柔是让人不能抗拒的，他有点像小石，轻风细雨，做一些点点滴滴的事，一会儿就融得看不见了，但在你的心里，让你觉得浑身都溶在月光里，身体变得很轻。这特别适合于女人。全世界恐怕都如此。有一个上午，我坐在办公室里和会计对账，对着对着，忽然心里发毛，全身不自在起来，几个数字都报错了。会计小李说：你好像精神不集中，是不是有什么事呀？我茫然地抬头看看他，心里针扎似的一动，拿起手袋，掉头就往门外冲……

回到家，推开门就闻到了一股浓浓的煤气味。手忙脚乱地打开所有窗户后，奔到里间一看，童涛直挺挺地躺在床上，一动不动，我吓坏了，边哭边拨120……事后才知道，童涛见我这两天头发掉得厉害，就想给我煲一罐汤，瓦罐放上燃气灶后，他习惯地倒头又睡，补前晚一个通宵的觉，就这么睡过去了，还做了一个梦，梦见我在喝汤，笑得像南瓜一样甜……后来汤煮沸了，灭了火……

童涛，你以后再敢一个人煲汤，我就剃光头！我几乎是哭着说这句话。

我喜欢看童涛工作时的样子，他打字的速度很快，脑子里的思想不停地倾泄到电脑屏幕上，那一行行的字像春天里爬出的蚂蚁，意气风发地找到各自的路线。那时他的眼神像高速公路上聚精会神开车的司机的眼神，用一个时髦的形容词，很酷。男人认真的时候真是可爱，他们总是睥睨天下，对许多事情不屑一顾，事实上他们与这些东西很较劲。我从来对童涛的作品不置一词，特别是他擅长的报告文学、通俗文学，我根本就不欣赏，有时我觉得那是菜场里注过水的牛肉，舍不得扔掉的干瘪的老菜帮，但我尊重他写的东西，我理解这些，童涛知道我理解这些，我理解他的工作。不能不承认，他的作品还是有一批拥趸。

我们不是同类的人，却是如此的互相理解、依靠，真是不可思议。事实上，我和童涛在这大半年的时间里并不是真正意义上的同居，二室一厅的房子，他占了一室兼工作间，我占了一室，平时我们很少邀朋友到家里来玩，这里表面上看是完整地属于我们的二人世界，但有一点被双方剪除——性生活。

长期以来，我和童涛的亲热适可而止，他的手在我的肚脐以上，我的手从不越过他的腰部。我们似乎都在回避激情，像回避一个旧日的情人，就像两人约好了似的。我不打听童涛的过去，比如他交过几个女朋友，那些女孩是不是比我白比我漂亮，等等，甚至我都不拆文学女青年给他的来信，我只要现在。对于童涛的不够主动，我只是有些犹疑，如此而已。但这并不影响我对他的爱，我反而觉得内心是一种祥和。而童涛根本就不知道我的过去，他懒得知道。

其实，我的原因我很清楚，我的激情已经被透支了，再拿出来，肯定是支离破碎。也许童涛也是这个原因。无论如何，这种情况对我还是有利的。我们刻意而又自然地保持着那种距离，屋子里像养了一只巨大的水晶球，谁也不愿意动手打碎。

但是，那个雷雨之夜还是如期到来。

第一声闷雷响起的时候，我在自己的房间里，我感觉到整栋楼都在发抖；第二声雷巨响之时，我听到了窗外"喀嚓"一声，像是雷电击中了什么东西。我恐惧极了，外面大雨如注，狂风嘶吼，全世界好像只剩下我一个人，客厅里那扇没有修理的窗户吱呀吱呀作响，像是有人在作怪，黑暗中我光着脚跳下床，猛敲童涛的房门。"童涛，童涛……"童涛按亮灯开门，我一下扑进他的怀里，说什么也不回自己的房间了。

那一夜，童涛脱了我的衣服，我也脱了童涛的衣服，可是不行。怎样都不行。童涛软得就像秋天的柿子。接连三天，都是如此。

……

　　某个阳光灿烂的下午，我在下班的路上意外遇到叶成。叶成像是从天上掉下来似的。这个小城虽然不大，但两个人若刻意不相见，还是很容易的。我就听房东说过，他和街对面那栋楼的老张是多年的棋友，有一次因为一局棋两人闹翻了，发誓再不和对方这样的小人来往，两个倔老头稍稍改变了生活规律，一个上午到棋馆去，一个下午到棋馆，结果两人住在对面整整三年没碰过面，最近听说老张脑溢血突发，去世了，房东心里挺难过……叶成一直没作声，本来，这个不咸不淡的故事就跟他无关。我也只是找不出其他的话来说。

　　叶成眼里还是有那种病态般的光芒，我有些心悸。

　　周围人很多，我们坐在一家新开张不久的饮吧里。旁边一对年龄悬殊的男女在调情。我问他：

　　小丽还好吗？

　　她怀孕了。我把她安排在老家，老家水土好。

　　那她放心你？

　　婚都跟她结了，还能要求我怎样？这个年代的男人能赚到钱，就应该受到优待……

……

　　一壶烧炭咖啡喝完，脑子清醒得一塌糊涂。叶成知道了我和男友的情况，"哧"了一声，也不知是什么意思。

　　出来时，天快黑了。叶成还没有和我说再见的意思，我说：

童涛在等我，我得走了。

那我们从天桥上走过去吧。

明珠天桥上那块广告牌还没换。那位大明星的脸上甚至还有某些可疑的白色东西。

下了桥，叶成直接带我进了一家干净的小旅馆。陌生的激情渐渐升起来，像每一个有星星的不同的夜晚。

衬衣、牛仔裙、长筒袜、头上的发卡、乳罩、内裤……我觉得自己很邪恶，但我和叶成用了各种姿态。疯狂时我喊童涛，童涛，童涛……他要的是实质。他像个卖保险的老手，就这样将我最后的积蓄一点点地挖去。叶成熟谙此道，他说他知道我的内心在溃疡。

叶成，你知不知道你很讨厌？

叶成这时伏在我的身上睡得像头猪一样舒服，他哼都不哼一声。他是一头高尚的城市猪。

走出小旅馆时，外面华灯初上，人影幢幢。临街一溜真假盲人坐了一排，戴了墨镜，给人算命。我朝最老的那个目光空虚地望了一眼，那老头便跟出我老远，非要给我算。我只好让他算。他说我脸圆耳长、天庭饱满，将来六甲生男、婚姻美满、钱财不断，且一定活到八十二岁，最后讹了我二十元钱。去他妈的！

回到家里，童涛正在煮方便面。我二话不说，一锅端到卫生间里倒了，然后拉他到一站路远的小怡园吃了顿红烧武昌鱼、清炖仔鸡。童涛一面吃，一面不时地看看我，他的眼里溢满了情意。他吃得那样尽兴，根本就忘了问我这么迟回来到哪里去了，他问我也不会说。

他不会问。他是个吃透了现实生活规则的人。面对童涛，我有些难过。晚上，我把从叶成身上找到的感觉努力用到童涛身上，还是没用。

我没想到童涛的经历对他打击这么大。那个雷雨的夜晚他告诉我，他以前有一个很好的女友，那时他还在南京，在一家报社工作，他们都快结婚了，连房子都买好了，女友很漂亮，他们在一起很般配，也很相爱，人人羡慕，但是有一天他感到下身异样，就到医院去检查，一查是梅毒。他说当时脑袋一嗡，连回家的方向都搞不清楚了，晚上女友回来，一问什么都承认了，她自己在外面患了梅毒怕他知道，一直瞒着……童涛花了不少精力才治好，治好后就成这样了，医生诊断说是心理原因。

童涛真是一个脆弱的男人，就这样他从南京来到了小城，一直到现在都没有复原。

他是城市这个生物圈里最弱的一环，他想和我一生关爱。

我们的生活依然过得平和、宁静，我和童涛的关系好像比以前更紧密了，因为他想治好病，我想为他治好病。童涛说以前之所以对我保持距离，就是怕我知道了离开他。

我不会离开他的，我爱童涛。

叶成仍不规律地来找我，他像黑暗中的一把火，总能算计出我什么时候会烧起来，会和他靠拢。我讨厌叶成又不能摆脱叶成，如同自己不能摆脱另一面的自己，这让我极端困惑。从叶成的身上，我找回一些有毒的激情，这些有毒的东西用在童涛那儿，似乎起了一些效果。当叶成说，他快成医生了，我真的嗅到自己的内心发出一丝腐败的气味，就像盛夏里放了三天的剩饭的馊味儿。

童涛的文字越来越多地变成铅字，他比以前更意气风发了，经常带我到一些高档的店铺买东西，甚至还为我买了一枚小克拉的铂金钻戒，非常漂亮。每次和叶成在一起，我都把它小心翼翼地取下来，藏在手袋里，它像一只晶亮的眼睛。

我的生活逐渐在分崩离析。但是表面上，我仍然按部就班。像这个小城市的节奏一样，日子长了，就没有什么有所谓的东西了。叶成瞧不起童涛，他说童涛这样的人也叫男人？所以他永远雄不起！叶成说这话时，我将一杯长城干红泼到他脸上。事后，两人仍然忘情得像黑夜里一对不知足的掘墓人。只不过，属于我的所得我将分给我的爱人。这很病态。我就在那明亮的病态里沉沉浮浮。

我不知道童涛是通过什么方式知道我和叶成关系的，本来他一天好似一天，眼看就要大功告成了，却突然萎顿，比以前更厉害。

童涛一萎顿，我就知道事情终于暴露了。

后来才知道是小丽给他打的电话。小丽的女友有一回看见叶成和我从一家旅馆出来，就告诉了她，行动不方便的小丽便直接联系上童涛。

童涛开始一个字都不敲，连报都不看，他尽量将自己关在那间房里，好像是他做了什么不可原谅的事。

我想他在与某种东西抗衡。那段时间里，我的绝望和他一样深。我不敢看他的脸，也不敢与他多说话，我像个早出晚归的环卫工，做一些很单调的物质的事。

我感觉到自己的精神逐渐在恍惚。

某天早晨开窗，我惊异地发现我的灵魂坐在对面那棵高大的梧桐树上，向我招手，我也向她招手，她扇扇背后的那对小翅膀，像是要趁黑夜来临之前飞走，她是来向我告别的，她要离开我，远远地离开我。我含着泪，看着她向暮色四合的天空起飞，飞，最后一缕晚霞默默地燃烧，等待，但她突然一头栽下了地！我急忙探出身子朝地面上看，那里什么也没有，根本就没有灵魂这么个东西，只有生活如常的人走来走去，走来走去，毫不知觉……这真是让人怅惘。

终于有一天，我发现童涛走了。他的门敞开着，他的衣物全带走了，这里似乎只有衣物属于他。他惯用的电脑闪着白光，空荡荡摆在那里，我看了一下，里面什么也没有，全部清空了，连一个字都没留给我。

还是那天下午，我得到了一个更令人不可思议的消息：叶成死了，出车祸撞死了，死在那条他刚买断一年路牌广告发布权的青年路上。那又是一条商机无限的路，据说市政府即将将小商品批发中心迁到那里。叶成的死讯让我叹了一口气，这个城市又陨落了一个人才，可怜的小丽！

我仍然想着童涛。也许童涛又去找那个让他患梅毒的女友去了，也许这回他将自己藏得更深，总之我是一个不值得他留恋的人。这就像生活的本来面目，有时是如此真实丑陋令人不堪回想。然而我想念他，我将那枚小克拉的铂金钻戒取下来，放在童涛在遇山为我拍的那张照片前，它看起来就像一个晶亮漂亮的小花圈。

童涛喜欢喝茶。他留下了一盒还没拆封的五峰茶，他经常盛赞它，说喝下老家出产的这种茶，就会寡思淡欲，身轻如燕，回到从前的从前的从前……现在我替他喝，大部分在遇山上喝。

每次上山之前，我都先煮好一壶开水，将茶冲好，然后带上，坐在悬崖边的那棵阔叶树下，慢慢地喝。那里风景依旧，游人熙熙攘攘。有一次，我在和风下靠着那棵树睡着了。突然有人喊我，我睁眼一看，是叶成。叶成，你没死吗？叶成精神抖擞，两眼闪着我熟悉的光芒，他不理我，我又问，小丽呢？她生了吗？叶成不说话，只是一声不吭撕扯我的衣服，外衣、内衣，很快，我全身都裸露，裸露在日光下，他像以前我们幽会时一样，慢慢侍弄我的身体，让我渐入迷离，然后猛扑上来，凶狠而有力，就在两人的呻吟喘息声中，我吃惊地发现周围站满了人，许多人，他们都在围观，看得津津有味，我急忙拍打叶成的身体，声嘶力竭地喊：叶成，叶成……就在这时，我看见了童涛，他藏在观看的人群中，面孔闪烁，我看不清楚他的表情。叶成死死地压住我，我推不动，情急中我向他呼喊：童涛，童涛，帮帮我！帮帮我！那一刻，童涛伸出了手，分开人群急切地向我挤过来，挤着挤着，童涛的脸孔变成了小石，童涛就是小石，我一激动猛地翻身，只觉背后一空，我和叶成一起像断了线的风筝，飘下悬崖……

　　醒来后，一身冷汗，不知身在何处。

单 双

正在煮咖啡。琴来了，她总是这样，不爱按门铃。

琴进来的时候挟着一股深秋的寒气，两肩微耸，如一件衬里夹紧的大衣。

我邀她在看起来舒适的蓝色高背藤椅坐下。那是一件华丽的摆设，购回来才四天，新妇般受我喜欢着。琴照例微微笑，颊上浮一缕夏日黄昏常起的雾霭似的慵倦。

琴到我屋子就像松鼠钻进冬天的梦，长时间安静。咖啡沸着端上桌。

她从藤椅上立起，朝我靠靠。左手尖尖的五指老在玩着一根镂花七彩的奇怪小链子。琴的身上导来温温的气息，隔着我的睡衣，她的矮领薄衫及薄衫外鲜红的长披巾有缕缕薄荷味。那披巾是今年流行的，四分之一床单大，缀流苏，后拥式围裹，街头小姑娘们的装扮早就预告了这个信息。琴的眼睛黑，细长如河流，烁亮的眸子很少侧视人与事，健康的肤色里，敷了哑红的唇鲜花样开放，我喜欢琴。

她从不追问过多的和她关联不大的事，一个淡淡的眼色就能悟出内里。有时反而不够剔透。琴也喜欢我，我知道，当然，我们不是拉拉，却互相吸引着，总是靠近。有分寸地靠近。然后顿住、遥望，仿佛隔着汪洋的两岸，眼里含着永远的怜惜。

就像此时，琴离我很近地站着，用食指悄悄点击我的后背，一下、两下，如小猫爪，又如金鱼顽皮贪玩的尾，做一个精心游戏。

嗯——加不加糖？

不要，我要苦的。

真是一个奇怪的女孩子，才二十三岁。

我比琴大八岁。我三十一岁了。好像是昨天，不，刚才，我对自己说，你——天空、海洋或者大地，桂花树凝结的第一滴露，早晨孩子脸上的一缕温煦阳光，不要轻易说放弃。放弃什么？不知道。事到如今，我是放弃许多了，太多。我离了婚，和一个叫林松的男人。我将家拆了，拆成盗墓后的殷朝废墟。所有成年人的爱的游戏被我搁置在零下十七度冰箱里，日夜通电。用琴的话说，我不可救药了，是一块长了虫子的木头。没有适合我的啄木鸟。何况已是一块木头，连树都不是，我自己判断。

但我欣赏琴的恋爱，为她的苦恼而苦恼，为她的快乐而快乐。我愿意和她一起分担什么。

琴在一家科技书店上班，整日坐着，偶尔人多时起身转转，怕有人偷书，但这种机会不多。可能是工作单调了，她总是显得苦恼，仿佛一粒被溪流带下山的小石子，搁在了空旷的玻璃柜台上。她的一些日常的、具体的快乐往往不恒久，逛商场半途而废，看电影忽然忆起多年前早夭的同学，经常。琴在这个城市没什么朋友，倒是有两个关系密切的小男友，但也满足不了心里那些不明确的愿望。

　　她的愿望像天空一样无常，又大。有一次，她对我说，她死了要睡在海底，要用一口青铜棺材封住，要放一把波斯弯刀和一只非洲草原上的火烈鸟。大多数时间里，我把她看成妹妹，她说什么，我都不会当场反驳。我包容她的得意忘形、胡言乱语。有时还喜欢。琴的那两个小男友依我看来，其中一个不错，眼神清亮正派，身体健壮，单位还是电厂。

　　起码当着我的面，小伙子对琴很体贴细心。琴发脾气，他从不还嘴，常常买各种各样的吃食，肯德基、烤香蕉、三文治蛋圈、奶油松子，哄她、逗她，琴往往最后会笑起来，她的笑声像才出窑的细瓷器。对了，我第一次认识她，就是因为她在那间闷闷的书店里发出了这种迷人的声音，仿佛一个唐朝仕女从发黄的书里不小心掉了出来，一下子吸引了我。我觉得琴和那小伙子如宝物同金丝绒托盘。

　　花拥挤的季节，琴慎重地带着小伙子到我屋子来，我买了两

204

瓶王朝干红，做了一桌子丰盛的菜。

我和琴喝了一瓶，小伙子也兴致颇高地喝了一瓶。大家都有点醉意。琴的脸红得像块刚染的布，颜色都溢得出来，她醉眼蒙眬地看着小伙子，又看看我，极高兴的样子，又迷离。

她喝多了。

我捏着杯子对小伙子说。

喝多了？

小伙子耸了下浓眉。那我扶她休息一下。起身便拉琴。

屋子里只有一张床。

门虚掩着。听得见里面有说话声，还有轻轻的笑声，琴的声音沁人如夜露。

收拾完餐桌，将椅子一张张归于原位。蒙上地摊上买的镂成菊花怒放的纯白桌布。又将菱形瓷砖地面仔细拖一遍。再打开音箱，放一张《此情可待》的英文歌碟，屋子又恢复了素洁、安详，这是我一直追求的。自己的空间，白色桌布，音乐，书，喜欢的朋友，看得顺眼的异性，我离婚一部分原因是为了这个。林松是个太热闹的人，上床都不爱洗脚。正当我在旧沙发里舒适地缱绻时，里间屋忽然没了声音，那门仍半掩着。

我下意识地朝那个方向扭了一下脖子。

只微微一下。

十厘米宽的门缝刚好切出里面的动静。小伙子在除琴的衣物。

我瞥见他解上衣时琴的手臂主动抬了抬。她没系腰带，很快，琴只剩下了胸衣、内裤。她的头发水草样撒开，贴住我深蓝的枕套。琴嫩白的肌肤在浅黄的灯圈下一览无余地发表了，且有鳞样，光闪闪。偷窥是有罪的，这样不应该。可我当时的确没多想，那是我的床、我的屋子、我的光线、我的空气，一切……只觉自己是透明的，是摆在床头的那只玻璃的叶状烟灰缸。这是林松留下的。唯一没丢的东西。

门总掩着，并不关上。也许有意。

我的脖子就那样弯着，审视一个谬误般匡正不过来。小伙子只穿一条很小的裤衩，侧墙般结实，腰下悬着如饱胀的水银。他的臀部有两道黑印，也许长过癣什么的。午后的风和我一起，看见他用手包抚起琴诱人的双乳。平视过去，琴的乳房像春日野外电线上的一对燕子，挤挨着，喁喁私语。她的腿直直搭在床沿，分开、与肩等宽。空气中漾起淡淡的薄荷味，小伙子跪在床侧，吻她，一只手慢慢移下来，温柔爱抚。他似乎熟稔。琴蠕动了一下，身体不安，越来越不安，有模糊的语音渺渺传出，夹有叹息。他终于拉下她黑色的内裤，吓住般顿了一会儿，伸一根指头进去，最后挺身而入。

我站了起来，倒一杯水握在手上。身上暖意犹在。

这种感觉久违。

落地的细纱窗帘安静得像垂首的女中学生，偶尔风起，兴奋地疯舞。不由又瞥一下里间，总不能进去关窗吧，不禁替他们担

206

心。琴曾告诉我十八岁那年就有了经验，我奇怪她的身体反应不那么好，不像平时的思想那么强烈。做完，两人大概躺了一刻钟，平静地出来了，仿佛才逛了一通天天特价的超市。琴的脸上有淡淡的红晕。我再进去，床单已换了，琴这丫头像我厨房长大的蟑螂。

此后一个月看不到她的影子，听不到她的声音。

我也不主动打听。琴不用手机，我也不用。我与外界的联系方式除了电邮，就是一个呼机，每次呼机"嘀嘀嘀"地响，我忖度着，回，还是不回。就像在路上看到一只流浪的猫，养，还是不养，靠阳光筛下的树影决定。当然，这是离婚后的我了。我很少与琴主动联系，她和我一样不喜欢被人常常打扰。总是她来找我，或简简单单地在我呼机上留言"82×××××，琴"。有时不方便，我没回。她也不追呼。不像有些人，永远不会明白你。

彼此过得好不好，心灵感应。她风寒，我咳嗽；需要了，就相聚，这样挺好。

此刻，我和琴如煮熟的两只鸭子，端坐在桌子两端，静等对方开口。

琴将红披巾拉了下来，抻平，对折，仔细搭在椅背。然后吹吹面前泛着深色细泡沫的咖啡，抿一口，又放了下来。

她怕苦，却点着要喝苦的。

我丢两块方糖过去，她没拒绝。

那个电厂小伙子呢？

是于单，你总叫不出他的名字。

他呢？

出差了。这次在广西，桂林看来可以玩个遍了。

那个怎样了？

很少来往。于单不在，有时也和他吃饭。

于单不错，多考虑考虑他吧。

没玩够呢，你也喜欢于单？

傻啊。我笑了笑，年轻朝气的小伙子，像丛林里的野兔，谁不喜欢？青春，是那个在冬夜里卖火柴的小女孩，你读一遍，就会叹息一遍，很想一切重来。

成丰渠是怎样到来的，我无法描述。反正是下火车就来了。他比我大二十岁，学养好，吐词清晰，嗯，认真去想……过程雨一样渗透了，了无踪影。我只知道，他离开后，我不可遏制地想念，想念他的口气、装束、握手的姿势，甚至打呵欠的样子。有一次，我喝完一杯水，想象和他在一起跳慢四，老美乡村乐，想着想着，眼泪就落了下来……他到我这屋子来过一次，只坐了十几分钟，就坐在那张旧沙发里，彬彬有礼，吸烟。其实他只是到这里出差，一个偶然场合认识的。

我讲什么，他都很认真地听，脸上微笑着，漾出美的皱纹，偶尔点头。眼神洞察世事，不时聚向我，流溢温柔。一个五十一岁的有教养的男人的柔情，你怎样理解都可以，兄长、父执或者

208

情人。他可以是全职。他不问我任何问题，却像什么都知道，都了解。就像你住过的房子，了解你经年累月的愿望，甚至脑子里还未成形的思想。

他用大半辈子的积累再一次摧毁了我的什么，或者建立了什么，想清楚这一点，反而慢慢平静了下来。

……

从认识到分开还不到一个星期。六天零五个小时。

我将日子屈指算给琴听。

琴笑得不可抑制，眼泪都笑出来了。

你终于有事可干了！他是秃顶吗？琴问得不无恶意。

他是的，秃了一半。

我吞了一大口咖啡，举着壶问她还要不要，她笑着摇头。

那他还会来吗？

不知道。

你不能去找他？

我？不会。

琴有些困惑地看着我，也许是我的后面，那是一堵什么也没有的墙。

别费神了，你不是我，你不是三十一岁。

琴河流一样的眼睛眨了眨，忽然扑哧一笑。不知那小脑袋里想到了什么。

你最近好像瘦了。为避免这孩子傻想，我转移了话题。

真的瘦了？我用了一种市面上买不到的海藻型香皂，一套三块，四十八元一块，高中时的一个同学从澳洲带回来的……琴手舞足蹈。

不知不觉，一壶咖啡喝完了，瞬时安静下来。这是一壶哥伦比亚美德林山的咖啡，微苦中滑润。

琴的脸在夕阳下沉静得让人心醉，仿佛南飞的大雁在午夜休憩，这不是一张二十三岁的脸，这是一张三十三岁，甚至四十三岁的脸，那么包容、庄稳，又带几分狡黠，我觉得一块玄铁在煅烧。空气中有火星，静静的。

琴兀地伸过来一只手。

多么洁净、纤瘦的一只手，仿佛横过世上所有湖泊。光泽逼过腕上环绕的玉镯，隐隐青筋下生机勃勃、热力无限，我心动了，没有理由拒绝，反手握住。

一道陌生的溪流在心头忽地涌现，没有源头，也看不见归处。

我从琴稍显激动的眸子里看到了同样的反应，这种感觉无法转述。

你爱他吗？

成丰渠？有一点吧，也许。那是个意外，像你路过的一个好村庄。

换成别人这样问，我只当风过耳。

之后不久，琴第二次人流。

我替她安排一切。于单很老实地被我训导，他居然不用安全套，野马样放纵。前前后后花了两千八，他还够大方的，那钱够生一个儿子。小伙子请了四天假，鞍前马后由我指挥着服侍琴。

乌鸡汤、乳鸽当归汤、红参蹄髈汤、野鲫鱼汤……她全当药吃。一个月后，往秤上一站，增了六斤，为此，琴很长一段时间不大搭理我。这丫头。

琴又上班了，苦恼之余，笑声依然清脆。她和于单的关系发展得也不错。琴不愿意到他的老家去，于单的父母于是坐一天一夜火车专门到本市来了一趟。那几天，琴打扮得很老实，头发从棕红变回黑色，睫毛液都没扫，穿素色套装，于单乡下的父母很满意，觉得儿子还是自己的儿子。

我还被请去和他们吃了一顿饭。

那顿饭上，遇到了林松。

林松和他的一帮哥们儿坐在一起划拳，闹得像农滨路上的菜场。他的旁边偎着一个女人，黄灿灿一片。林松先发现我，他推开那个女人，径直走到我面前，咳了一声，我才发觉。

是你！

林松盯着我的眼，笑容可掬。

过得好吗？

好。

我看着他的衣领回答。当初是我提出离婚的，他一百个不同意，虽然他早就有了另外的女人。

单独聊聊？

下次吧。哦，这是琴的男友于单，于单的爸妈。

……

他认识琴。琴对他印象并不好。梳着两条彩色麻花辫的琴对他礼貌地咧了一下嘴，算是打过招呼，就自顾自地喝起了饮料。那个女人袅袅走了过来。

松，不介绍一下？

女人的声音有些嗲，她的手滑进林松的腋下，林松左耳抖了一下，这是他在床上常有的动作。林松忽然来了精神，拥着她的腰道：这是我朋友赵娇红。

什么朋友啊？

女人的手在他身上某个地方做了小动作，林松啊地叫出声，他狠狠地瞪了她一眼，转过笑脸，继续介绍：

这是葛琴，费琪……

废——妻？女人响亮地笑了起来，脖子上条纹方巾随她的身体前仰后合。

琴霍地站起身，女人努着小嘴，赶紧勾住还想说什么的林松走了。如同潮来后的潮往，往事的海滩在那一刻涌满新鲜的气息——腥。断然，我确信自己没有了伤感。

四川人开的"来得好"酒楼里，于单、琴、于单的父母都对我客气无比，好像他们早就是一家人，一桌子菜吃得恰到好处。琴点菜的手段让那对老夫妻很满意，他们看她的眼光像是看自家的一块园子。殷红的葡萄酒，我喝了半瓶，头有点晕，回去就睡，一觉到天亮。

送走于单的父母后，琴又失踪了。

一连六天。于单都不知道她的消息。这很少见。琴和他热乎上后每天不是见面就是通电话，正是如火如荼。书店说琴请了长假，什么时候回来不知道，看起来他们不打算辞退她，真是一家不可思议的店。

琴常坐的椅子上放着一本摊开的村上春树小说，翻到了第四十五页。里面有一根发丝。打电话到她湖南家里，琴的家人说她两年没回去了，最近两个月更是没与家里联系。我和于单在初冬的季节面面相觑。

裹红披巾的女孩们在咖啡店外来来往往，脚上的鞋前掌都很尖，这种鞋一般不超过二百块，她们与琴有些相似，又都不是。琴到哪里去了？像一条失踪的鱼游向了大海。脸色有些苍白的于单不怎么说话，他用长柄钢匙不停搅动着杯里旋转的液体，对女侍者的殷勤冷若冰霜。小伙子的焦虑溢于言表。

不明白她出去为什么不和我招呼一下。

这种习惯的确不好。回来了，我帮你说她。

你说，她请长假干什么？

肯定有什么急事。处理完了就会与你联络，不要紧。

我安慰于单，实际上我的感觉也不好，右眼皮老在跳。

两周，事情就发生了。

于单本来不想那么做的，我也是。但我们喝了酒。喝得浑身轻飘飘。

就打的到了我的房子，算是他送我。他是为琴喝酒，我是为没来由的那个五十一岁男人的柔情喝酒，喝着喝着，我开始笑，轻轻地笑，像进入了一条用避水珠分开江水的长长甬道。于单垂着首，一直不抬起来。就这样，几个空酒瓶竖了起来。

车窗外的树早早刷了一层涂料。车掠过时，树们成了一道白线。灰夹克的男人摸一个穿风衣的女人的屁股。一个环卫工用铁铲铲走了一只压死的狗。我记得这些。

于单付的车费。

一进门就打了个趔趄。于单伸手阻住。然后于单将我连拉带拽拖进卧室，帮我脱鞋，让我平躺，他也跟着歪了下来。

大概是这样。

一切就发生了。这个小伙子很有劲，迷糊中我听到他喊琴，一边喊，一边剧烈运动。床单湿得拧出水。毋庸置疑，那一次酣畅淋漓，就像两架疯狂印证着彼此工作原理的失控机器。我的手摸到了他臀上的黑印，粗糙如蚯蚓。我觉得自己的身体消失了，又出现了，它不受我的控制，仿佛有了自己的生命波浪。它和一个陌生的异己的物体纠缠在一起。

我想起林松，想起成丰渠，又忘记林松，忘记成丰渠。那波峰让我心惊，我试图爬起，可每次不能起身，就像眼睁睁看着一堵墙倒向自己。

后来，我确定其中一具身体是琴，从门缝里看到的有鳞样光芒的琴。

……这以后，又有了几次，如失了火的旧院。甚至有一次，这个疯了的小伙子让我躺在刚拖过的地板上，用一桶冷水浇透了我的全身，然后打开一千五百瓦取暖器，靠在我身上烤。后来他递给我一支烟，我边抽边咳嗽，抽完了，又向他要了一支。我本来反对抽烟，但抽起来就忘记了。我们就那样默默地抽着烟，好像全世界只剩下他和我，外面在下永远不停的暴雨。心里一会儿透明，一会儿混乱。于单告诉我，他对琴其实还是有些陌生，有好几次两人如胶似漆的时候，琴突然停下来，赤身裸体来到窗前，凝视黑黢黢的夜，不知想些什么……有时候，琴兴奋得让他想死，他不知道怎么去爱她，但他爱她。

我说婚姻是只脏猪。

小我六岁的于单在暮色里还讲了一个笑话，他说，有一个小孩问他的妈妈，为什么飞机飞那么快？他的妈妈说，你在一只鸟的屁股后面点上火试试……空茫的屋子里我们笑了起来。取暖器让我渐渐温暖。穿着蓝袜子的于单最后取来拖把，将六颗烟蒂、乱弹的烟灰小心归拢到一边，接着，他竟然不顾我的吃惊用拖把分开了我的大腿，跪下来，拉开裤裆……

于单已是迷途的兽，惦着两条路，琴和我。

这些事我始终无法解释。我不能面对琴。

我觉得自己是个小偷，偷了别人的蛋糕，别人的时光。一只自转、沉寂的脱离预定轨道的星球……琴啊，眼睛如河流的琴，笑声似刚出窑的新瓷器的琴……

这简直让人无法忍受。

当于单说"琴回来了——"我马上压下电话。压下整个世界。我不能见琴。

那一瞬间，我居然忘记了自己的名字，我是谁？谁留着那熟悉的发型？在干什么？思考什么？这很可笑，但是是真的。于单抽烟过多的沙嗓像电影散场后一只只亮起的白灯，使我闭上了眼——五秒钟，确定出口方向。

抓起一只九命猫旅行包，塞进几件衣物、洗漱用品，数数现钞，关门，拦车，上路。我去旅行。

爬天意山主峰的时候，汗流浃背。

山不算高，但六百六十级台阶，的确让人腰酸腿软，像死狗一样。顺着午后的阳光望去，天意山仿佛就是上帝家的院子。青峰峭立，百木不凋，野花星罗棋布，黑底金翅的大蝶时不时带起一阵畅快的鸟鸣。

鲜红、橙黄的树叶，因坡升降，在巍然起伏的山体里远远近近参差如歌，极像三十一岁人的情怀。多年踏出的蜿蜒小道尾音般缭绕，我卸下水和食物，靠在千层饼样的一块白石上歇息。

就那么巧，遇到了林松。

林松一个人往上爬，背着相机、女包、一个鼓囊囊帆布旅行袋，离我一百米远。他的外套敞着，一手支在腿上，一手擦额上的汗，好像山里起了渺茫的歌声，哎——砍柴郎……林松侧耳细听，就看到了我。其实我看到他半天了。林松脑门上的头发没以前那么密那么黑了，宽宽的肩膀也瘦削了些。他三步并作一步地很快爬了上来。

赵——嗯，小赵呢？

吵了一架。爬得又慢又耍脾气，懒得等。

林松显然很高兴地打量着我。他的牙齿还是那么白，笑容颇能诱导。一只本来在左边林子的山鹰突然扑棱棱飞到了右边。吃剩的面包盒、红色火腿衣和一堆面纸，我一一收进随身带的塑料袋里。

一个人？林松边问边掏相机，他眯起的双眼似乎装得下整座山峰。

嗯。我摇摇头，不打算照。

一对老夫妻相跟着从我们面前走过，挎着"浙江普陀山纪念"布包的老太太忽然停下对我说，再往前走左拐，有一个歇脚的平台，有小卖部、竹躺椅，还能看风景，不错呢。我问老太太到这里来过几次，老太太颇自豪，跟老头子常来，一个月两次吧，当锻炼身体，又不惹人嫌，还能呼吸新鲜空气。我和林松相

217

视而笑。

歇够了。继续往上爬。六百六十级台阶上最著名的是"一线穿针"，头顶只能看到青天一线，右侧危崖，很陡，林松想牵我的手，想了想，就用啃过火腿的油手指牵了。

还记得湖心桥吗？

记得。

我怎么会忘记呢？那一次，我拿着一本书在那里看，看扉页里剪着短发的神采奕奕的女作家小照，正入神，林松来了。我看到他从对岸的湖堤上走来，头发一耸一耸，步子很快，显得那么伟岸，那么朝气蓬勃，我溜了。林松非常准时地到了湖心桥，他找了一圈，没看到人影儿。那天刚好没有其他的游人。拱形的石桥静谧得像暑假里的阶梯教室，湖面上一朵蓝白相间的丝织头花慢悠悠荡着，他站了几秒钟，忽然嗵的一声跳了下去，吓得岸边的我一声尖叫！那头花是我故意丢的，我没想到他真的跳了下去……那时好像是春天，岸上的杨柳像小孩的手一样嫩。还有许多鹅黄的芽如出双入对的恋人的眼睛，柔和、婉媚，那时我和林松热恋，一个吻要接五分钟，他的高鼻子总是被我压得扁扁的……我笑了。牵着我的手的林松突然停了下来，我没有停步，埋头继续前行。过了几分钟，林松又默默跟了上来。

山道边的五瓣小白花一丛一丛，像斑马身上的条纹，与艳红的蛇果一对比，便显几分见过世面后的萎败。一个穿解放鞋、皱巴巴西装的中年男人边捡塑料袋、矿泉水瓶，边很快往山下走，我将一直拎在手上的塑料袋交给了他。林松在后面鬼笑，累不累呀，又没人唱赞美诗。

他还想牵我的手，我躲开了。这时，山下传来喊声：林松，林松——

小赵上来了，你去接她吧。

林松拽拽臂上女包，从外套里摸出一支烟，燃上。他眼角新添的皱纹并不使他显老，只是让他更像芸芸众生里的一个男人。他腕上的袖口少了一颗扣子。

林松，多关心你的女人。我脱口而出。

你还恨我吗，费祺？

不。我祝福你，祝你一生快乐。

我的前夫林松歪着头审视我，好像我是黄桷树上的一条毛虫。最后我对他笑笑，说了声，再见。

其实林松的秘密是被琴发现的。琴说，有一个黄昏，她在童心公园散步，偶然发现林松和一个女孩在一起，风掀起女孩的棉质印花吊带裙，里面居然光溜溜！女孩像只小金羊，站在余晖里，发出断弦一样脆的笑声。

我怀疑那女孩是琴。林松染指的绝不止一个，还没离婚时，我就接到过两个声音不同的女人的电话，她们的盛气凌人如出一辙。现在于我而言，这些又有什么意义呢？前世的枝叶蔚然成院后的浓荫。只有琴，让我分心、分神。

琴是我牙床末端发炎的齿，不忍放弃的午夜里流连的梦。

坐上火车，七个小时。到省城，又等了十五分钟，上一辆哐嘟哐嘟响的花里胡哨的中巴，离终点一个半小时处下，再搭六块钱的士，就回来了。

前后八天。

阳台上的花也不知道干死了没有，出门时三角梅茂盛极了……

一进入那条一百米长的巷子，就看见琴与成丰渠站在那里，他们像长在那里。

我的心跳得没有章法，如同周末超市进出的人群。

邻家脸上鞣了皮的小男孩正好放学，他呼哧呼哧骑着一辆26式女车，经过我的身边时龙头一别，叫一声"阿姨好"，就小大人似的猫腰骑走了。我没回应他。琴戴着酒红的小编织圆帽，还绕一条长短合适的同色围巾，很可爱。成丰渠微侧着身体，似乎长胖了，他的笑容像百年老店里的老顾客，脚边放着一口黑手党用的小箱子。

我只给于单打过电话，说我这两天回来。

成丰渠看起来风尘仆仆。我才来得及喊一声，琴！琴就发出那种刚出窑的新瓷器的笑声，随手一个飞吻，退场了。

新开张的麦当劳餐厅里，于单挤坐在里面。

我刚下班，从玻璃门外看见了他。于单看起来还是那样纯洁，月白的领带，掉到眉际、用啫喱水定住右撇的头发，像一块瑕疵清晰的玉，他的旁边坐了一圈热闹的小朋友，互相叽叽喳喳，左边位子空着。我没打算进去。我站在人来人往的绿色 IC 电话亭旁边。一个老人挨着电话亭摆了许多旧书、杂志，有的的确很老，有的却很新，上个月才面世。《知音》《前线》《小说月报》《青春期生理卫生》《航空兵器》《普希金诗集》等。

我抬头看了一下七米外的麦当劳，于单正在啃一块焦黄外衣的鸡翅，面前鲜艳大纸杯立着，笑容很好，他啃两口，吮一下饮料，又说话，旁边是琴。

琴在吃薯条。薯条热量低。她像在我屋里吃东西一样，一小口，一小口，用手小心送入嘴里，尽量避免碰落口红，显得漫不经心，又津津有味。"我们的快乐，BABY，就在这里，我们的快乐，BABY，麦当劳——"两台 TCL 彩电不停地放，红鼻尖的小丑永远热情。琴的目光四处散放，时不时穿过玻璃，不知道看到我没有。

我觉得她是瓦上的一片霜，冷着，在都市后面。我看她时像看干净的医院里墙上刷着的一米高的苹果绿，心里逐渐平复下来。一个染着红色头发的小青年撞了一下琴的肩，于单横眉怒目，站了起来……

成丰渠今晚十点火车。

成丰渠，带上这兜水果吧。

成丰渠，路上别忘了吃药。

成丰渠，到了给我打个电话。

成丰渠，你以后不要穿蓝色的袜子。

成丰渠，我会经常想起你的，你那些有趣的故事。

琴和于单来来往往，说到了结婚的事。于单在电厂提了科长就结婚，他一直很努力，很有希望。琴搬去了和他同住。

某天凌晨，我收到一个奇怪寻呼，"想你 87×××××（本市机号）"，没任何落款，一连响了三次。

难道是成丰渠？他不会再来。难道是于单？我们已说好了再见。或者是琴？不像她留言的方式……很少人知道我的呼机号，我决定数数，数三分钟，单数不回，双数回。结果是单数，我没回，倒头继续睡。也许是打错了。

当做梦。

预报将持续一周的西伯利亚寒流终于来袭，街上行人陡少。

口里呵出的气如早点铺里的蒸汽。附近做生意的人还是起得很早，他们不怕冷也不怕热。那个天天在红花路转悠的流浪汉不见了，12 号楼门洞里留着他的家什，三夹板、瘪壶、旧车胎、烟黑棉絮。我曾给过他一只老走不准的闹钟，不知道他是不是因为这个原因走丢了。

222

我约琴到"翡翠堂"洗澡。敲背十元，去耳屎十元，修脚十元。价格不算贵，又舒适卫生，这个好地方我去年才发现。我和她共一室。琴的身体像拂晓中俊俏的天意峰，高低起伏、云蒸霞蔚，彩练般殷实，我凝视着她，仿佛凝视往日的自己。

琴在我专注的目光下坦荡而笑，她那粒泛紫的朱痣赫然露在脐旁，医生说那是个有待观察的瘤块，果然不同凡响。她河流一样的眼睛在细水柱里愈来愈深邃，愈来愈热烈，我想看得更清楚，我们靠得很近。嗡嗡的排气扇来不及抽尽所有热雾。琴的乳尖蓦然划过我的臂，我痉挛了一下，就像飓风掠过了寂静草原。

水越来越大，哗哗声里，琴大声地说，为了让成丰渠来，我把自己做成一个简单造型，请他睡了一觉，他真的体贴、温柔。

巨大的莲蓬头下，我和琴背靠背，泪流满面。

无　事

1

夏夜的星星像人的心思一样闪闪烁烁。秦花坐在蓝人咖啡馆最里间，一边隔窗瞧着遥远的钻石般的星星，一边用小匙轻轻搅着瓷盅里香醇的浓咖啡。她略方的下巴此时在朦胧灯光下显出柔和，微褐明亮的眸子在流水样淙淙的音乐里沉静，如落在湖底不动声色的天外陨石，间或一轮，坐在对面的郑深竟有满面生辉之感。

"一个不错的女人啊，以前怎么会那样不珍惜呢?"他忖着。

"看，我就这样刮了他一巴掌……""干吗拿我做示范呀?不行，我得还回来!""算了，算了，不是好玩吗?"秦花斜对面的一桌闹得不可开交。那是一帮十七八岁的大孩子。一个女孩双耳吊着拳头大的彩环，表情亢奋，一个男孩拘谨得如乡下孩子。还有一个男孩黑 T 恤背上印着大红醒目的"A"，他正有模有样

224

地为伙伴们劝架，秦花第一眼看到他就想起了霍桑的名著《红字》："漆黑的土地，鲜红的 A 字……"

"真吵！我们那时比他们安静，是吧？"郑深点了一支烟，微笑。

"安静？你是使坏，半夜敲女生宿舍门，然后跳到水房躲起来！"秦花语速稍快，她伸出小手指勾画着杯沿。

"我有那么坏吗？那是事出有因，不是跟你讲过吗？那个晚上……"郑深将软白的烟灰往桌上的烟灰缸里弹，演说他的大学逸事。

秦花扫了一眼，有些心疼——当然因为烟灰缸，一块泛着光的、紫蓝色首饰匣状的精致玻璃。她亮橙色的唇抿了起来。

"是不是糖放少了？"

郑深将桌上的小包砂糖推过来。他记得秦花怕苦，从来不吃苦瓜的，而他最爱吃。

"能品出的苦不算苦。"秦花喝了一大口咖啡，目光转向郑深背后的仿古屏风。那上面有长衣宽带的埃及女孩弯腰汲水。

郑深轻笑，他将燃着的烟搁在首饰匣状的烟灰缸上，喝茶。

他们曾相恋过四年，从她离开校门到报社上班的第一周开始，彼此了解得像一起长大的有虫眼的白菜。她不想和这个男人继续僵持下去了，虽然已分开三十七个月零两天。

很多过去的记忆像高挂在苦楝树梢的月亮，晶莹而闪出冷冷的光。但两人仍能感觉出彼此保留的温热未熄的火苗，烛光般灼耀着两颗渐僵渐萎的心。三个夏季的闪电，三个秋天的夜雨，都让漂泊异乡的秦花尝够了孤单、伤感，还有恐惧……她以为自己能战胜这些，以为自己完全可以控制住曾无限向往的、那个自由的小世界，结果却不是这样的，全不是这样。在异乡，所有的缤纷少了那么一点热闹，所有的晴日都显得有些空旷，即使加薪，即使一个面上有红痣的不错男孩常神出鬼没地对她大献殷勤。她慢慢地愈来愈强烈地想念段城雾气蒙蒙的早晨，想念其街道深处热气腾腾的甜牛肉馅的包子，想念脾气不大好仍留在那里的会做一手湘菜的男友或者前男友——郑深，以及那些曾为之深深苦恼过，如今想起不值一提的纷争……

她回来了，借所在公司派驻段城的机会。

穿墨绿上衣的侍者往郑深的杯里加鲜红的酒。

"来点吧?"郑深探询地看秦花，秦花微微摇头。

郑深本想喝啤酒的，这东西对他像香水之于少女，坐定，点的却是红酒。三年前，因为常醉酒，秦花数落他，骂他酒鬼、酒虫，没出息，两人吵了不少架，有一次还动了手，秦花嘴角流血，五天没理他。今晚的秦花在他眼里是美丽的啤酒花，洁白醇馥，仿佛轻轻一啜，那甘味从此尽收入腹，不再有某些日子入心入肺的想念和伤神了。

三年前，三年前他怎么会眼睁睁看着她离开呢?

郑深呷着酒。

秦花的腰挺得很直，这与她穿着的栗色套裙相宜，以前，她喜欢着休闲装的，坐哪儿都爱晃腿。郑深仔细分辨着女人眼角隐隐的风霜，心里漾上丝丝痛感。

"你的肚子好像大了点。嗯，还多了一道额纹。"秦花打量着男人。

"你还是你。"

"一点儿没变？"

"发型变了，更漂亮。"

……

瘦瓶的贵妃醋立在一边，郑深不让侍者加。一倒，更觉是开胃酒、加饭酒了，口寡。

其实，秦花这两三年在外面早接触酒了，一接触，才觉得酒这玩意儿也不是那么讨厌，关键是要了解把握自己，一旦失控，就醉了，游离这个世界了。高度白酒她还是不沾的，谁劝都不行。啤酒能灌下小三瓶，那是心情极佳或极沮丧的时候。红酒么，她倒不那么拒绝，大家都说养颜的，女士酒。没有哪个女士不愿漂亮。秦花在郑深举杯的时候，偷瞟了一眼未开启的贵妃醋，宁夏产的，颜色透亮，她熟悉它的味道，饮一口咖啡，她斟酌着是否来点红酒，给对方一个信号。

一段熟悉的乐曲快乐响起。《红衣女郎》曲子。郑深的手机铃声。他瞥了一眼号码，眉头微皱："我接个电话！"秦花点点头。他一手攀住秋千椅长长的吊藤，一手握电话，半仰上身，像只午后嬉戏的长臂猿。

"我和朋友在一起。在咖啡馆。"

……

"明天我有事。"

……

"后天也不行，有安排。"

……

"随你便！"

郑深说完最后三个字就合上了机盖。刚坐正，《红衣女郎》曲子又响了起来，他不接。再响，他干脆关机了。

《红衣女郎》是秦花若干年前爱看的一部法国电影，她和郑深热恋时一连看过四遍。他居然下载了《红衣女郎》铃声！想起里面女主人公站在风口旋裙子的经典桥段，秦花咬着唇几乎笑出声。"有什么好笑的?"郑深递过来一杯苹果汁，她以前的习惯是喝完咖啡后，再来点甜果汁。

"不是，我是想起了《红衣女郎》……"秦花忍着笑意接递到桌边的杯子。

哐啷！插着精致小红伞的玻璃杯掉到了地上，碎成三块。浅绿色苹果汁溅满一地。

两人脚上、腿上沾了不少。

许多人幸灾乐祸朝这边看。

2

秦花捡起扫帚扫地上的碎瓷片。

刘薇走了过来："不要紧的，秦花，反正大家走了，我还要做卫生的。"秦花执意要扫，刘薇也就算了。

一屋子的人停止打牌，喝水的喝水，上厕所的上厕所，剩下的人看着她唰唰扫。郑深走了，屋里剩下七人，本来一桌打麻将，一桌玩牌，都挺开心的，现在玩扑克的拆台了，少一个人。秦花从不参加这两样活动，她不大喜欢，更不会，像局外人。郑深在段城过周末时，总喜欢到朋友家里凑热闹，她便陪着，刘薇家是他俩来得最多的，郑深与刚结婚不久的小两口是同事。

秦花将碎瓷片、瓜子壳、花生壳等一股脑倒进门外垃圾箱里，归好扫帚，即告辞。

"郑深也真是的……这么晚了，你一个人路上不安全，我让张仁送送你！"刘薇放下正啃着的苹果，提高嗓子。

"我来当护花使者！"

……

"不用了，真的不要紧，打个的就回去了。你们继续玩！"

秦花坚持不让刘薇安排老公送，更不让其他的仁兄送，她踏踏踏地往楼下奔，楼道里的感应灯一盏接一盏往下亮，如同去天堂之路。快到一楼时，她听见上面"码长城"的声音稀里哗啦又响了起来。

已午夜一点多了，这声音在五月的夜里显得异常清晰，无所顾忌。看样子，他们又要玩通宵了。

几乎每个周末都是这样。发完对各自领导的牢骚，将熟悉或不熟悉的男女情事津津有味、添油加醋重述一遍，就打牌，直到东方既白，人人形容萎蔫。

无聊的、自私的青春！

秦花莫名地想起一句。她和郑深也是这样，想到这儿，她觉得嘴里干干的。秦花抿抿唇，四顾看了一下，沿街的店铺全闭着门，像被告知有响马到来。往前不远的拐角处倒有几片粉红、湖绿灯光泄出，是"飘香""千娇百媚""勿忘我"等一溜从不理发的理发店，好男好女好奇的地方。

秦花忍着口干往前走，脑子里像堆满碎树叶。

郑深就这么走了。

他立起身，右肘下卡通黄瓷杯随他突然的动作滚下地，哐啷——碎了。"对不起！弄破你的杯子了——我有事先回去了！"他板着脸对男主人道，然后起身，一把拉开包铁皮的柳木门，就大踏步走了。

门都没带严。

清凉的夜风倏地钻进来，使人感觉到屋内的空气原来颇污浊。

也是的，八个血气旺盛的年轻人挤在面积不大的小客厅里，抽烟的抽烟，吐痰的吐痰，抠脚丫的抠脚丫，还夹着甜腻的奶油瓜子味、廉价口香糖味，脏话更像苍蝇一样飞来飞去，倾泻在片刻不休的牌桌上。都七个小时了，空气哪能不混浊呢。郑深出去时，另一边打麻将的也停了下来，"怎么回事？""摔了一个杯子，干吗走……""秦花，你俩吵架了？"秦花嗯嗯啊啊着，只顾拿扫帚扫碎瓷片。

风吹着秦花有些凌乱的短发，她用手拂了拂，右腋下的肩包夹得紧紧的。离开了屋内肆无忌惮的喧哗，她觉得胸口好受些了，像压着的一块大石忽然挪了位置，令她呼吸轻松顺畅起来。

淡淡的栀子花香彼时暗暗袭来，若有若无，到后来愈来愈明显，愈来愈浓郁，秦花使劲吸了几下鼻子，循花香来处望。秦花的头专注地偏向花香的方向。

她没注意一辆从身后疾驶而来的摩托车。

摩托车手没戴头盔，全身是黑的，车子好像也是黑的，秦花就觉得一股黑风刮了过去。然后，臀部被人摸了。她猛地立住脚，扭身，车子已在五米之外，很快穿过了前面的人行天桥，没入更深处的夜里。她瞪着黑暗的深处站了约两分钟。两分钟后，秦花裹裹肩头的方格长披巾，继续埋头前行。

她本想打电话的。

可这时候打给谁呢？打给拂袖而去的郑深？不。打110，说刚才有摩托车手摸了她屁股？或者打回给刘薇，让张仁来送她？都不好。她的心里慢慢有些气愤。为刚才无端遭人猥亵，为郑深负气而去，为好端端的周末葬送在莫名其妙的夜里，为一时涌起的蚂蚁似的许许多多……每次男男女女聚会，只有她一人在一旁心不在焉地看电视、看牌，给蓬头黄脸或赢牌兴奋的人端茶递水，这种日子居然持续了两年多。几乎每次，鏖战牌桌的郑深都输，朋友们一边高声取笑一边催他快点付现，仿佛他是年画里童叟无欺的送财童子。他时不时还酗酒，大宴小酌都经不起人劝，醉酒之后咿咿呀呀没完没了唱儿歌，还伴有让人大开眼界的家禽动作，这种表演甚至展示在有单位领导作陪的业务宴上。说什么不想搞劳资工作了，从劳资科长变成普通业务员，说来说去不就是这个原因。每次，她扶着醉醺醺的郑深回去，闻着一身酒气，收拾满地秽物，心情都低落得如从墓地归来。从什么时候起，她开始接受这样的郑深的呢？

　　一只白色的猫拖着尾巴不声不响地从街灯下走过，快进小巷子时忽然驻足，朝秦花盯了一眼，眸子幽幽绿，古古怪怪的，秦花不由打了一个寒噤，加快脚步，往的士爱集中的三环路口走去。

　　真是见了鬼，白天这个路口常有巡游的甲壳虫（的士），现在连影子都没见一个，偶过一辆，载了客，跑得风驰电掣，救火一样。

　　秦花站在三环路口等了足足二十分钟。除了那辆载客的士，只有一辆夜行卡车和两辆小车经过。其中的白色富康还浮浪地冲她按了按喇叭。这一块儿要是有个夜市什么的就好了，她暗自嘀咕着，一夜不用愁车。风把她的披巾连同衣摆掀起来，露出肌肤，秦花感到了五月寒意，不能老在这里等，还是继续朝前走吧，反正有车来会经过的。

她紧紧肩上的包带，迈开了步子。

咳！是老人的咳嗽声。

有伴了。

秦花往马路对面看，一个弓着背、套着黄皮背心的老头正踽踽而行，双手负在背后。都半夜了，他要往哪里去？是和她一样，尴尬地从某扇门退出的吗？

"咳，咳，咳——"老人的咳嗽拖得很长，几乎要将肺吐出来。她听着都替他难受。片刻后，对面静下来了，有剧咳后传过来的微微气喘声。毕竟是同路人，秦花隔两三分钟就向对面瞅一下，老头像要退役的公交车一样往前运动。大约一刻钟后，老头不见了，连同咳嗽喘息声，大概到家了，他该服一些药，早点睡的……秦花这么想着，一抬头，赫然发现弓着背的老头走在距她七八米远的正前方。

她没瞧见老头过马路。

秦花拿手掐了一下另一只手的虎口，疼，是真的。会不会是老头过马路的时候，她光顾着赶路没注意？那刚才不见了的人呢？……不见了的人肯定是在附近方便，许多男人都是这样的，膀胱盈满了，不管身后有没有人，也不管白天黑夜，对着一堵墙掏出玩意儿就来，这不排除老头。可是，秦花心里还是慌慌的，心跳快起来。郑深，祝你今夜做噩梦！……

她不敢走快，也不敢走慢。老头又开始咳了起来，几乎背过气。

又一辆小车经过，碾过路面的声音极轻，如暗夜里低诉的流水。

以前，秦花和郑深外出，不管天是否黑了，最后他都会送她回去，而她老缠着他唱歌，唱黄家驹和腾格尔的歌，一路走一路唱，直到她的住处。有时唱得高兴，她还不放他回去。这是她第一次孤身夜半回家。

脚下的静林路似乎变长了，长得如同和无边无际的黑暗搅成一块儿，看不到尽头。秦花的住处就在尽头左拐路口一百米处。她没打算害怕的，从出刘薇家的门开始。她的胆子不大，可也不算太小，这条主干道平日常走，再说，郑深当着那么多人面拂袖而去，她怎么也得争这口气，自己回去。

半天听不到前面的老头咳了，连他的脚步声都几不可闻。

秦花屏息控制住脚步。

薄云里躲躲闪闪的月亮像片苍白的纸。黑暗中总有些奇怪的声响，"吱——"像刚来得及出声的老鼠被猫啮住了喉管，又像穿着雨靴的人在湿湿的地上滑了一下，听起来总让人心惊。"人活动有音，鬼活动无声"，秦花小时候听外婆说过的，她的脑子里慢慢转过一些形象，这些形象让她的背上起了一层细细的汗。

她很希望包里的全段行（本地无绳电话）响起来，可它安静得像动物展览馆里的标本。秦花隔着包紧紧按住它，随便什么人找都行啊，上周和她吵得睚眦欲裂的女同事也行。但午夜两点，树上的鸟都睡得不吭声，谁还惦着给她打电话呢？除非郑深。

心肺全无的郑深。小肚鸡肠的郑深。从明天起，和他断绝来往！秦花恨恨地想着。

一片树叶掉下来，沾在她肩头，又"嚓"地旋下马路。她右手痉挛般抓住肩包带，左臂环在胸前，静心听脚下高跟鞋在饼干状路面上敲出的"嘎哒，嘎哒"的响声，身上鸡皮疙瘩一粒一粒往外冒。

穿黄皮背心的老头忽然在前面站住了，秦花身上的汗一炸！她也像被钉住了。右手扯出全段行，左手指抖抖地拨出一串号码，半天没通——她又挂了，心慌得要跳出来。

郑深应该给她打电话的，而不是她打给他。

"叮啷啷"是钥匙响声。

"哗——"老头走到一家店铺前，拉开卷闸门，钻了进去。原来是看店的。

接着灯亮了。

"哗——"开半截的卷闸门又放下了。

秦花觉得后背一片冰凉。经过那扇门时，她的步子迈得很快，小腿肚酸麻酸麻的。

郑深，我服你了！

秦花几乎咬牙切齿。这个周六，她原没打算出门的，再过两

235

个星期就要考职称了，她得抓紧时间看书，桌上还扔着一本新买的几米漫画呢，包装都没撕。郑深非拉她去刘薇家，说什么一刻也离不开她，没有她周末是一道没搁盐的泡萝卜，等等。他难得在段城过次周末，秦花被他的言词灌得兴致高起来，就出来了，看电视，磕瓜子，看牌，给人泡茶，直至一刻也离不开她的男人半秒也不愿和她待在一起。

一个无聊的夜晚。

多么无聊！

终于来了一辆的士。经过秦花时自觉放慢了速度。秦花朝司机摆摆手，她已走到静林路拐弯路口了。

3

她居然叫他滚！

当着那么多人的面叫他滚！

郑深一想起来，心里就冒火，那火蹿得他脑门发胀，像被人刚敲了一闷棍。这个娇蛮不讲道理的蠢女人！

本来，他俩挤坐在牌桌上好好的，他起了一手好牌，捏了两张大小王，四张A，一个清一色顺子，地主黑桃五也来了，牌好得像飞黄腾达者的仕途，这回要好好玩一把了，"续水！秦花，给每个人续水！"郑深声音不由自主地高亢。"你小子咸鱼翻身了是吧？"坐在一旁的章林海吐出一口黏腻浓痰，用脚使劲碾擦着，他的眼珠红得像鸡血石。另一边的主人张仁神态谨然，他专注地盯着自己的牌，对周围的闹嚷充耳不闻，只偶尔似笑非笑瞧一下对手，他已赢了不少。和每次一样，他将一大把已整整齐齐的五元、两元、一元零钞塞进了塑胶牌垫底下。秦花嚼着巧克力，嘴里吐出奶气："郑深，你该向张仁学习，喜怒不形于色啊！"她已是叨咕第二次了，一边站起身，给每个人续了水，包括打麻将的一圈人。

"秦花，我看你该向刘薇学习，围得围裙又上得牌桌，嘻嘻……"

"秦花，什么时候穿婚纱呀？"

"我申请做伴郎！伴到他们的良种一号出世！"

"你找死啊？"刘薇的声音尖得像工作的钉枪。

……

"秦花最想嫁的是神仙，而不是我这样的凡夫俗子，又打牌又爱酒……不嫁我，不嫁我就来抢，好不好？秦花！"郑深将牌甩得呼呼响，他喜欢在这样的场合和她逗。

"滚！"

给四个麻友续水的秦花音调不算很高，她是站在麻将桌边脱口而出的，声音挺脆。

这是她平日的口头禅。有两个牌友抬头看了她一眼，又埋首自己的牌。

郑深心里像丢进了一块失火的棉布。这算什么？当众对他说滚！真是岂有此理！……

这盘他赢了，赢了三十。他将收来的钱随手压在水杯底下，脸上的肌肉不由自主硬了起来。他觉得胸口堵得慌，类似消化不良。回到座位的秦花右臂软软靠过来，郑深将身子向外侧了侧。刚才还冲着大家叫我滚，现在没事人一样了，真是个自以为是的女人！

　　亏我以前还在这帮朋友面前夸她知书达理，有内涵！还比不上人家刘薇，张仁每周喊一帮人在家里聚会，茶叶都消耗不少，平日这么小气精明的她再不高兴都没当众抹过男人的面子，使小性儿……

　　又起了一手牌，郑深输了十块。他不声不响地付账，冷着脸。

　　章林海愉快地清着战果，"怎么样，还是蔫了吧?""跟我打，吃颗伟哥雄起吧!"……章林海的话在郑深的耳朵里像老年便秘者排出的秽物。他沉默着。两位牌友终于感觉到了异样，互视一眼，再不作声，专心打牌，气氛一下子凝重起来。

　　又一轮。才起了三张牌，心里的火逐渐升起的郑深蓦地将手中玩意儿一放，站起。他实在没办法与身边这个女人紧挨着坐下去了，耳朵里全是那撕帛似的"滚"。他连她的呼吸声都觉得刺耳。

　　哐啷!

　　是自己的右肘带倒了张仁的黄瓷口杯，碎了，郑深觉得那声音像被喇叭放大了。

他一下楼就碰到了一辆的士。

"去哪儿？"

"静林路——哦不，左拐直走。"他可不想到秦花住的地方去，他需要在自己的窝里慢慢疏散一股霉气。"其实，男人更需要关心！"他忽然想起一句电视上的广告词，嗲嗲的，去他妈的！

有谁能真正关心他呢？只有他自己。

是谁说过，最知心的人是身后的影子……郑深将头沉沉靠在座椅上，脑子里觉得热烘烘的，像灌进了枸杞酒，又灌进了青岛啤酒，全串了味儿。

车窗外的夜色明明暗暗，像被人从舞台上搬来，裹拥着离开校园后他走过的路。

郑深做过两年劳资工作，这是他的专业。可他太爱酒了，可能是他的酒鬼爸遗传的，十四岁时他就与人打赌轻松吞下过半斤白酒，也正因为这项嗜好，他的劳资工作生涯结束了，最后一张错漏百出的报表成了全段城劳资管理人员的笑话。人事部主任将他喊到办公室，说要更好地发挥他的特长，调他到营销部……其实他早就想干业务的。一个大男人，一天到晚关在屋里按人头算账，有什么意思？

男人的天地在水涨船高的外面。

几年来，他的业务做得不俗。以段城为中心，他将业务网逐渐伸入到了周围几个地级市，直到省城，这比他以前做劳资科长时每月拿的死工资强多了，起码手头活。以前对业务这一行，他的看法和许多人一样，做业务的么，东奔西颠，风餐露宿，赚几个辛苦钱。进来才知道，里面的水深着呢，回扣、业务款截留、实物抵账、账外账，五花八门，要做到让自己和单位都满意，真的不容易，尤其是他们这种国企。业务做得最好的那位驻重庆的同仁，三年买了富康，五年在渝中区购了一套复合式豪华商品房，经验交流会上，此君大谈铜头铁嘴兔子腿，其中的弯弯曲曲，怕只有他自己最清楚了。厂里的二把手是他的亲叔叔，谁不知道他出货从不经过营销部、财务部核销，一张条子，直接将整车的货运走了。那位仁兄的嘴倒是利索得很。郑深知道，凭自己要想混出名堂，只能靠一个脑袋两条腿了。

喝酒是他的专长。做业务，能不喝酒吗？这项专长帮了他不少忙，一瓶白酒三个月供应合同，两瓶白酒半年供应合同，直到醉得分不清男人女人，眼里全是会动的鸡鸭猪狗，一切成了游戏。这种事他没少干。女人永远不懂男人的酒啊，就像他总弄不懂秦花何时会穿裤袜，何时会穿长筒袜。事实上，很多时候酒一入喉，那美妙、醇馥的滋味立让所有烦恼、压力消遁了，世界变成了三维，他就待在谁也不能入侵的那一维里。"何以解忧，唯有杜康"，古人早已有言。郑深最瞧不起对酒耍手腕的男人，那叫男人么！……秦花反对他喝酒，理由很简单：不良生活习惯，影响身体健康。如果他说酒这物件帮他争得了不少业务，她会反驳：汤姆·约翰逊滴酒不沾，却获得了全美第一销售员称号。风马牛不相及，和女人真的拎不清这个话题。

打麻将何尝不是一种战术呢！一可以联络狐朋狗友，二可以见机行事，同喝酒是一个道理。刘薇是厂里管审核的会计，他还有厚厚一沓餐饮票、车票等着她盖章放行呢。张仁是厂办主任，厂里大小舆论的鼓噪者之一，是红是黑，有时与这群人口舌之外的东西无关。更重要的是，他还有一位年轻有为的表姐夫，在筹建中的段城水电站任总经济师，该工程一旦正式动工了，将大量需要同类机电产品，走通了这条线，不但业务量可以翻上N倍，厂里空缺了一年多的营销一部经理归谁,也许就水落石出了。郑深深思过，凭张仁两口子的精明，为什么一直对这笔油水丰厚的业务按兵不动呢？也许是他的表姐夫想避嫌。这需要一个得力的中间人。除了平日融洽的同事关系，这也许是郑深最喜欢到刘薇家来玩的根本原因。小两口结婚，他和秦花联名送了六百元人情呢，这蠢女人当时还咕哝送多了。

"左拐还是右拐？"车子到了十字路口。

"右转。"

的士从"泛海娱乐"华灯四射的门前驶过。

郑深的眼里出现了一位穿鲜红低胸吊带裙的年轻女人，女人侧站在门里，朝他很妩媚地笑，她有着与秦花一样的下巴，比秦花略瘦，他知道她的名字，叫陶桃。郑深瞥了她一眼，面无表情。

夜风里传来一股烤鱼排的味道，加了胡椒粉的那种。郑深捏了捏鼻子，他不喜欢这味儿，像福建人章林海的味儿。章林海是分厂业务员，每次郑深来，十有八九会遇到他，这是在和他竞争，郑深心里清楚。他采取的战术很委婉，只要在刘薇家玩牌，郑深总是输，输得狼狈不堪，大多数时候输给张仁，一般人看不出来。而章林海这个傻瓜总想着炫耀他的牌技，一旦赢了，大呼小叫，得意洋洋，如同清晨七点不吵醒主人决不罢休的讨厌闹钟。

张仁心里有数，郑深从他眯缝的小眼睛看得出来。

聪明人总是善于发现另一个人的聪明，就像一只老鼠能很快地发现另一只老鼠极隐蔽的洞。

其实，刘薇家的这两样活动输赢向来不大，彩头很小的。的确只是为了同事、朋友间的聚会。这年月，工薪族们聚在一起，不打牌，那去干什么呢？作诗不成？想起秦花平素对这些活动的鄙夷脸色，郑深就好笑。这世界谁又比谁高雅到哪儿去呢？挤公交车照样抢座位，没人的时候放屁放得很大声，只有谁比谁活得更真实的问题！他很少与秦花交流这些，但从内心里，他包容甚至欣赏着秦花云里雾里、不食人间烟火的孩子气。

郑深已明显感到张仁对他的热情升温，只要他没出差，在段城过周末，张仁就来电话相邀，有时是刘薇打电话。一切都进行得好好的，一切都在预计的尺度中。等这笔业务有了眉目，他就要和秦花商量婚期了，几年的业务下来，他早存下了一笔钱，再加上家里凑的，他已在学中路附近看好一套房子了，就等着给她一个惊喜……

她居然叫他滚！

当着那么多人的面叫他滚！

即使是玩笑，他也不能承受。……

其实，秦花平时对他蹦出这个字眼时，他也是较反感的，曾抗议过多次，没用。谁叫他是男人呢！二人世界，不用计较那么多的，可这次是在众目睽睽之下……

男人的面子可以在外面拼掉，怎能让女人当众扒掉！

尤其是在张仁、章林海面前。可恶！

她该向他道歉。

道歉！

郑深一回到家，就接了一个电话，大学同桌孙越华来的。

这疯子打电话从来不管什么时候，只怕结了婚后才能改这恶习。他问郑深什么时候和女友办婚事，他好安排下半年的探亲假时间，一起探过来。有病！郑深耐着性子和他扯了一会儿，懒懒地说：女人这玩意儿不好玩儿，能不黏上身就别主动往上凑了。就像玩扑克，未翻底前总有一种神秘、期望，一旦翻底，也就那么回事……

"不知所云。"孙越华这小子又挂了，大概赶着吃夜宵。半年不到，他又在广州多了一项优良习性了，奇怪，这小子辞职到广州打工，哪来的探亲假呢？郑深发了一会儿怔。

"嘟——"手机没电了。郑深手忙脚乱翻出充电器，开机充电。

然后到卫生间洗了把冷水脸，再打开热水器，冲澡。中间手机好像响了。

他顶着一身泡沫冲出来。是电视里的声音，狗屎！

洗完澡后，他看了会儿凤凰卫视新闻节目，又调到重庆卫视、上海卫视。最后，他在意甲足球联赛中睡熟了。

睡梦中，秦花嬉皮笑脸地对他说对不起，他懒得答理。

4

穿墨绿上衣的侍者过来清理碎了的玻璃杯。

郑深又叫了一杯苹果汁。

"这回是你弄破了杯子。"他转着手中的酒杯。

秦花抚着被苹果汁溅了的裙摆，无声地笑。其实，她离开段城并不是为了三年前的那个晚上。那个夜晚的嫌怨，他们用一场电影加一顿西餐就解决了。秦花是在三个月之后离开段城的，因为一个更好的工作机会，也因为想试试其他活法。郑深也可以去，但他没有一起去，他在半年后被厂里提升为营销一部经理了。现在，他已是营销部主任，事业还算红火。

一颗流星在窗外蓦地划过，遗下的长痕简直比星星本身还灼亮。秦花回忆起了那个五月的夜晚。

那个夜晚有星星吗？她想着，使劲想着，想不起来了。她只记得戴着棒球帽似的路灯。

"那晚你为什么不送我回家呢？"

"你应该先道歉的，我那时很生气。"

"万一那晚有意外呢?"

"不会的! 一条大路通到底，走了无数遍，闭着眼睛都能回去，能有什么事?"

"我是说万一。"

"这只是一个可能。这个问题我们以前讨论过很多次……"

"你连电话都没打一个。"

"我一直开着机呢，有事你肯定会来电话的。我充电都开着机呢。"

秦花沉默了几秒钟，接着，慢慢地饮苹果汁。喝了半杯，她还是忍不住说出了那句，她是带着笑意说的: "你终是弃我不顾!"

"你伤了我自尊!"

"无聊。"秦花凝视着远方漂亮的星星，轻轻地叹气。

"什么?"郑深没听清。

秦花不再出声，专心处理剩下的苹果汁。气氛又凝固了。仿佛他们还在刘薇家里。仿佛一切都未改变。

秦花喝完苹果汁就提出该走了，她还要整理随身带回的物品呢。郑深心里清楚，她动气了。她动气的表现就是闷着不说话，然后要走。可她在那晚的确应该先向他道歉的，事情本来就是那样。郑深再细细回想了一下刚才的对话，觉得自己没说错。下次再约她好好聊吧，他有把握再获芳心。

但没有下次了。

平淡的故事总有着俗套的结尾。

秦花一出门，就遇到了车祸。撞在一辆正在倒车的黑色丰田车上。本来，结完账后，她应该向左转，他应该右转，像几米的那幅著名漫画。秦花先转的，她出"蓝人咖啡馆"篱笆式大门时，已向他摆了摆手，说再见。等走到左边的停车场，她又喊他的名字，向他挥手，一边挥，一边后退着走，看起来几乎有点怪。就在这时，那辆倒车的丰田发疯似的过来了。在郑深的记忆里，秦花身上流出的血像天边的火烧云，漫延不尽，无边无际，几乎流满整个段城……她在一片红色的云彩里和他告别，不再和他讨论。

开车的是那个背上印着红"A"的男孩，他吓傻了，这车是他父亲的，他只是在夜里偷偷开出来玩。

事情都过去四年了。郑深结了婚，和那个黏着他不放的女孩。

每到夏季，无事的时候，特别是星星很多很亮的时候，郑深总会想起秦花。一直到现在，他都没弄明白：为什么秦花始终要揪着一个可能不放呢？如果释然，一切不都好好的吗？

北岳爱情小说书目

长篇小说

李骏虎	《婚姻之痒》	28.00 元
孙 颖	《绣楼里的女人》	25.00 元
田文海	《三十里桃花流水》	36.00 元
昂旺文章	《嘛呢石》	29.80 元
冰可人	《爱你若如初相见》	36.00 元
小 岸	《在蓝色的天空跳舞》	28.00 元
朱文颖	《戴女士与蓝》	24.00 元
符利群 许绘宇	《纸婚》	30.00 元
鲍 贝	《独自缠绵》	29.80 元
李骏虎	《奋斗期的爱情》	26.80 元
鲍 贝	《空阁楼》	29.80 元
于晓丹	《1980 的情人》	39.80 元
鲍 贝	《观我生》	49.80 元
鲍 贝	《书房》	39.80 元
鲍 贝	《空花》	39.80 元
吴新奇	《胭脂河》	36.00 元
霍 君	《亲爱的树》	48.00 元

中短篇小说

李骏虎	《此案无关风月》	28.00 元
鲍 贝	《松开》	28.00 元
王秀梅	《浮世筑》	28.00 元
杨 遥	《我们迅速老去》	28.00 元
手 指	《鸽子飞过城墙》	28.00 元
孙 频	《无极之痛》	29.80 元
眔 恩	《欢乐颂》	29.80 元
林 森	《捧一个冰椰子度过漫长夏日》	29.80 元
墨 白	《记忆是蓝色的》	29.80 元
霍 君	《我什么也没看见》	29.80 元
刘 芬	《写给艾米莉的情书》	29.80 元
郭海燕	《单双》	42.00 元

······

欢迎荐稿欢迎赐稿

邮箱 274135851@qq.com